哈佛生的 聖母峰 日記

登上世界之巔，
真正高人一等

人生如同登山，
就是要一次又攀上自己的「聖母峰」，
不斷挑戰自己，
超越自己，
站在聖母峰之巔自己，
和在聖母峰下仰望雪山蒼穹的自己，
已經是完全不同的了──

于智博 著

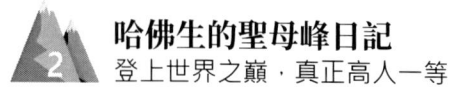

哈佛生的聖母峰日記
登上世界之巔,真正高人一等

　　獻給我親愛的爸爸、媽媽，和每一位信任我、支持我、關愛我的人。

　　　　　　　　　　寫於登頂珠穆朗瑪峰一週年

哈佛生的聖母峰日記
登上世界之巔・真正高人一等

一個人生活的廣度決定他的優秀程度。

——哈佛大學前任校長德魯・福斯特

序一

　　一轉眼，我跟智博認識差不多十年了。我們既是哈佛校友，也是好友。我知道智博從校園到金融業到加入聯想集團，一直都是運動場上的主力，保持著積極健身的習慣。但聽說他才準備半年就完成了攀登聖母峰這件「瘋狂」的大事，我還是感到驚訝和佩服。

　　登山是不少企業家偏愛的活動。讀過智博這樣的勇士的紀錄，我覺得，這也許是因為登山也是創業維艱最有力的寫照。設定明確的目標；看清自身的資源、能力和缺點；實施完全的能力建設計劃；組建團隊，制定登頂策略；然後發起衝擊。在這個過程中，天氣風雲變幻，風險和災難無法完全預知，所有的計劃都需要靈活應變。有時為了前進，必須停步重整，甚至推翻自我的一切預設，放棄眼前的成績，從零開始。

　　這個過程對心力和心智的錘鍊非同凡響。智博也告訴我，站在聖母峰之巔的他，和在聖母峰下仰望雪山蒼穹的他相比，多了無數難與外人言的感悟和巨大的成長。

　　我和智博都是留學歸來，受創新大潮感召而從金融界投身企業界。我們相識的這十年，身邊的經濟和產業發生了天翻地覆的變化，千百萬青年的人生因此而改變，我們的生活方式也被重新定義。一代新的科創企業成長起來，站上了全球創新與競爭的賽道，我們都是這個偉大變革中幸運的受益者，也都希望為這個勇猛精進的時代貢獻微小的推動力。

　　然而，和登山一樣，創新產業在轉型時代的成長和成熟歷程，也是一道陡峭的學習曲線。面對巨大的挑戰，我們會因為準備不夠充分、視野不夠開闊、組織不夠強健而犯錯和跌倒。作為團隊的領頭人，也會有極度孤獨和沉重的時刻。

　　但就像智博所記錄的，一旦這個夢想生根發芽，一旦我們心裡知道在濃重的雲

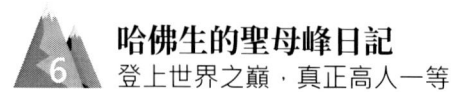

哈佛生的聖母峰日記
登上世界之巔，真正高人一等

霧後，山巔就在那裡無聲地召喚著我們，那麼再多的挫折，我們也無法輕言放棄，只能對自己進行最誠實和無情的復盤，然後改變，然後繼續前行。在這個過程中，我們個人和團隊的成長和蛻變，甚至可能比登上聖母峰本身更加寶貴。

聖母峰海拔 8848 公尺，這是我的孩子們也銘記於心的數字。但和攀登聖母峰不一樣的是，一個個體、企業和國家的成長，並沒有這麼清晰的終極高度。我們在每段旅程中思考著下一段旅程的價值和意義，持續地設立目標，並為此展開世代的接力。今天的智博在收穫喜悅的同時，一定已經在制定下一個更有挑戰性的任務。而他在 8848 公尺高處展開的那面旗，也激勵著他的朋友們包括我自己，在各自的位置去尋找和攀登我們的下一個珠穆朗瑪峰。為了這個喜悅的時刻，朋友們當乾一大杯。再次恭喜智博。

柳青

滴滴出行總裁

序二

　　高大、帥氣、肌肉男，但又很優雅、很「gentleman」；感覺特別像個 ABC，但又一口中文比誰都更道地，這是我對智博的第一印象。後來逐漸瞭解他後，發現他是個不折不扣的事業狂人，擁有國航終身白金卡的超級飛人，還是個自帶流量的「網紅」，上過「非誠勿擾」並頂著「一站到底」總冠軍的光環。在哈佛圈子裡幾乎沒人不認識大于。

　　在哈佛華南校友會籌備組一起工作的時候，大于跟我說他要去爬聖母峰，我一開始沒當回事，因為那會剛認識並不瞭解他。我心想哈佛的人都很會玩，不過我去過尼泊爾安娜普納，也就三四千公尺的高度，但已經被高原反應折磨得半死，爬聖母峰應該就是大于一時興起說說而已，畢竟這種事情離我們普通人太遠了。

　　過了幾個月，看著智博逐步傳回校友會群組的照片，大本營、一號營地、二號營地、三號營地！登頂這件事好像有點可能。我的精神緊繃程度逐漸跟智博攀登的高度同步，不管白天黑夜都要去校友群翻翻，等著智博傳回新的消息。終於，在一個大家最不注意的晚上，智博在世界之巔的照片傳回，瞬間引爆了整個哈佛中國校友圈！值得一提的是，智博特別製作了一塊帶著深紅色「Veritas」校徽的哈佛華南校友會銘牌，冒著凍傷的風險在登頂時赤手高高舉起！智博這一壯舉立刻成了校友圈裡津津樂道的話題，哈佛華南校友們更是倍感自豪。

　　激動之餘，不由心生一絲敬佩：智博真是個言出必行、使命必達的好漢！他這一路走進哈佛，步入花旗，再到聯想，並「不甘寂寞」地踏上創業之路，正是受這一股永不放棄追求卓越的精神驅使！而智博的這一精神，又在另外一個與聖母峰和哈佛相關的故事中體現得淋漓盡致，這次則是我親眼見證。

　　轉眼間智博登頂已經過去近一年了，哈佛華南校友會也在籌備組的辛勤付出後正式取得校方認可，成為大中華區第五個哈佛官方校友會。校友會成立不滿一週便

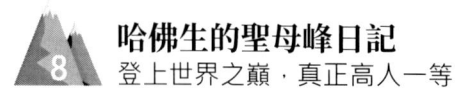

哈佛生的聖母峰日記
登上世界之巔，真正高人一等

參與策劃了剛上任不久的哈佛大學校長白樂瑞（LawrenceBacow）的香港之行，創始董事得到校長接見。智博提出把聖母峰登頂的校徽銘牌裝裱好作為送給校長的賀禮，大家立刻拍手叫好！

而當我們滿懷熱誠準備給校長獻禮時，校方的活動負責人員反覆強調校長行程中並沒有安排此環節，要求我們把禮物留給校長的隨行人員即可，因為臨時改變行程沒有可能。擔心這份珍貴的回憶石沉大海，我們反覆嘗試說服負責人員，但沒有任何效果，最終我無奈地接受了現實，但一肚子都是惋惜。可沒多久，智博一臉自信地過來跟我說，我們不但有機會親自把禮物獻上，而且校長會專門抽時間單獨接見我們華南校友會幾位創始成員。原來，就在其他人心灰意冷之時，智博通過不斷的努力找到了當天活動的總負責人、主管校友事務的哈佛副校長李百恩（Brian Lee），李校長得知事情緣由後非常興奮，認為這個禮物意義非凡，並因此特別改變了白校長的行程。

當哈佛校長白樂瑞見到智博高舉校徽登頂的照片時，他立刻激動地呼喚太太共同見證，這是哈佛創校三百八十三年歷史上「Veritas」校徽首次登上世界之巔！此刻我全明白了，智博聖母峰登頂偶然中充滿必然，這甚至是他的宿命，因為智博的人生就是一個個突破險阻、跨越巔峰的故事。真誠、樂觀、正能量、無畏困難，相信人生中沒有智博征服不了的珠穆朗瑪。

周鴻儒

哈佛大學 2007 屆 AB

合作夥伴寄語

　　我曾經去過聖母峰大本營，但從未想過去攀登聖母峰。當我確定 Lawrence 是相當認真（要去攀登聖母峰）的時候，我突然想到，為什麼不用聯想手機拍下世界之巔的景色呢？這是聯想集團創立 35 年來第一次有產品登上世界之巔的機會，也是對我們產品質量的一次天然的極限考驗。對 Lawrence、對聯想都很有挑戰性！

　　說實話，我當初對 Lawrence 此次能夠登頂並沒有抱太大希望，畢竟他幾乎沒有登山經驗。當我最後看到他成功登頂時，我非常激動！並不僅僅是因為他漂亮地完成了聯想手機代言人的任務，更是我作為一位前同事、一位老朋友，真心為他感到高興！

——喬健
聯想集團高級副總裁，Chief Marketing Officer & Chief Strategy Officer

　　山不過來，我就過去！人生如登山，需要知難而上的勇氣和腳踏實地的堅持，一步接著一步，沒有捷徑。作為戶外探險運動的登山，更是如此。登山是對一個人綜合能力和心理素養的極致考驗，所以，登山的最大收穫，不是是否登頂，而是在整個過程中你學到了什麼，感悟到了什麼，內心得到了什麼樣的成長，還有就是，你的攀登故事為他人帶來了怎樣的正向、積極的影響。智博做到了這些。新一代年輕人的榜樣，他當之無愧。世上無難事，只要肯攀登，繼續加油！

——王靜
《靜靜的山》（Silence of the Summit）的作者
探路者控股集團股份有限公司董事長兼總裁、聯合創始人

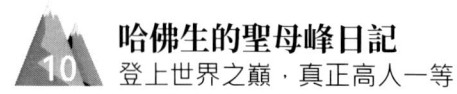

哈佛生的聖母峰日記
登上世界之巔,真正高人一等

　　積跬步,方能至千里;積小流,方以成江海。凡事沒有捷徑。登頂聖母峰,是對人的信念、理想與生命力的極致考驗,一步一步,踩過每一寸冰雪,敬畏自然才能領略8848公尺的高度與格局。于智博繪就了自我人生的新高度,我為他感到驕傲和自豪。

　　很榮幸,一瓶100毫升的青花郎以見證者、陪伴者的身份,跟隨于智博一起登頂世界之巔,是登頂聖母峰的第一個白酒品牌(增加了于智博的負重,現在回想起來還有點後怕)。促使我們走在一起的,是對自我的極致要求、對事業的極致尊重,正如郎酒一直堅持對品質的極致追求一樣。

　　任何事情,只要做到極致,就自然會產生無限感染人、打動人、鼓舞人的力量。向于智博不畏艱險、自我挑戰、勇攀高峰的極致精神致敬!

——易明亮
郎酒股份青花郎事業部常務副總經理

　　我們和智博是非常好的合作夥伴,更是好友。第一次聽說他要挑戰聖母峰時,我們都捏了把汗,因為這一路上充滿了太多的危險和不確定性。但事實上,攀聖母峰他並不是心血來潮,更不是僅靠運氣。從高中起,智博就是學校的主力運動員,20年堅持健身至今。做出攀登聖母峰決定後,他就密集接觸各地雪山和徒步旅行的信息,有針對性地進行訓練……正是憑藉這些經年累月的積累,他最終抵達了8848公尺這個常人無法企及的高度!攀聖母峰如此,拚事業同樣如此——篤定的目標,縝密的計劃,再懷揣一份不懼艱險的勇氣,不斷挑戰自我的極限!恭喜智博,祝福他和他的團隊,也感謝他為所有年輕人帶來的這一堂人生之課!

——蔣琳
天府國際基金小鎮原總經理、五糧液集團副總經理

　　作為智博的好友,初聞他準備挑戰聖母峰,除了鼓勵和支持,還是不可避免地揪著一顆心。8848——不是一個單純的高度和數字,它是一個坎,也是成為精神巨人的一道門。

　　智博多年健身,我們對他的身體素養充滿了信心。但是在8000公尺及以上的死亡地帶,

任何人都不會得到特殊眷顧。身體達到極限後,唯有不屈的毅力才能讓人繼續前行。

感謝事如人願,智博憑借出眾的體能、過人的意志和縝密的計劃成功登頂聖母峰。他在突破自我的同時,也成為我們又一個精神標桿,讓我們感受到突破極限之後,生命和精神擁有如此巨大的力量。

——沈慧林

萬希泉鐘錶創始人

和智博初識,感嘆於他的智慧與才華;支持智博攀登聖母峰的決定,是因為這正是人生的真諦。循經而上,堅持不懈,才能創造屬於自己的輝煌。人生如是,事業亦如是。那是一種只要沒到生命的盡頭,就要前行不止的決絕。雖然前行的路上,有荊棘與坎坷,但只有經過歷練,人才會變得豁達、寬廣,擁有不一樣的人生感悟。

——齊笑

當紅齊天國際文化發展集團聯合創始人兼董事長

每個人都應有自己的夢想和目標,或驚天動地,或細水長流。于智博從初級登山者,以驚人的速度成功實現登頂聖母峰的夢想。除了自身實力之外,大膽不魯莽,勇敢有策略,善於借助專家與外力,克服一切困難,堅持不懈的精神都是于智博成功的原因。我祝賀他實現夢想!

——李中

哈佛大學商學院 2009 屆 MBA,妥妥遞科技聯合創始人

聖母峰是極限與挑戰的象徵,問鼎聖母峰是很多人一生的夢想,但是又有多少人能付諸實踐,大多數人甚至都不敢想像。于智博勇於挑戰自我,說到做到,實現了自己的登頂夢想,恭喜你,為你驕傲!一滴汗水,一片耕耘,收穫人生,願勇攀聖母峰的精神伴你一生!

——姚耀

妥妥遞科技聯合創始人

哈佛生的聖母峰日記
登上世界之巔，真正高人一等

哈佛校友寄語

　　這位「輸在起跑線上的哈佛男孩」，在「一站到底」奪冠，又在聖母峰成功登頂，我在聽了他登頂歷險的講座後，感悟到這位忘年交師弟的奮鬥不息精神的不僅能感染我，也會激勵每個讀者。

——許國慶

哈佛大學商學院 1993 屆 MB，誠迅金融培訓公司董事長

　　我和于智博是在哈佛大學華南校友會的董事會上認識的，共事期間非常欽佩他的熱情和執著。攀登聖母峰可不是每個人都敢有的夢想，于智博用他的毅力、勇氣和自我管理，通過專業的知識和技能做到了。這是一本勇敢者日記，既可以當作知識類型的書學習，也可以當作興趣愛好翻閱。

——李震

哈佛大學本科 1993 屆 AB，馬凱資本創始人董事長

　　初次認識 Lawrence 是在 2018 年 6 月一個哈佛校友會活動上，得悉他剛登上聖母峰回來，真的非常不簡單！其後有幸能邀請他在一次校友會聚餐做演講嘉賓，分享他作為一個創業家登峰的成功經歷。他的經歷令大家深信：對夢想堅持，凡事可成真！

——黃觀保

哈佛大學 1999 屆 GSAS 碩士學位，摩根士丹利執行董事

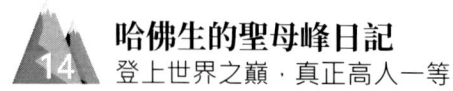

哈佛生的聖母峰日記
登上世界之巔，真正高人一等

　　智博的身上體現著當代年輕人特有的氣質和品德：放眼世界，但不忘本；搏擊事業，更熱愛生活；目標明確，卻不故步自封。我歡迎《登頂無捷徑》的出版，一定先睹為快！

——周鴻松

哈佛大學天體物理學 2001 屆博士

芝加哥大學金融數學專業客座教授、嘉瑞咨詢有限公司聯合創始人

　　初見 Lawrence，他給我的印象是一個靦腆陽光的大男孩。我們成為華南校友會組織團隊夥伴之後，我發現他是一個富有熱情的行動派。從他準備登聖母峰到完成登頂壯舉並且史無前例地把哈佛校徽帶上世界之巔之後，我終於發現他是一名真漢子！

——鄧旻衢

哈佛大學設計學院 2002 屆建築設計碩士，

URBANERGY Inc. 奧博能建築設計有限公司創辦人、主持建築師

　　哈佛 MBA 登聖母峰，看起來偶然，但是所有的偶然背後都是必然，沒有充分的人生準備，大于是不可能登上峰頂的。願這本書給你帶來啓發！

——康妮

哈佛大學商學院 2002 屆 MBA

瑞利溪咨詢 CEO、暢銷書《如何結交比你更優秀的人》作者

　　所有看過 2015 年電影《聖母峰》的人都會知道，登上聖母峰不僅僅是對一個人體質的測試，更是對意志力、判斷力和約束力的一次全面考驗。于智博登聖母峰的故事是生活在你我他身邊的人去接受這樣一次考驗，是一段戰勝自然和自我的驚心歷程。相比好萊塢的電影，這本書給我的觸動更直接也更深刻。

——陳桐

哈佛大學 2003 屆 AB

哈佛大學法學院／哈佛大學商學院 2010 屆 JD/MBA，春華資本集團合伙人

不是每個人都適合去登聖母峰,但幾乎每個人都能從大于登聖母峰的故事裡得到啓發。

——劉亦婷

哈佛大學文理學院 2003 屆 AB,秦嶺資本合伙人

于智博和我是哈佛校友,也是江蘇衛視「一站到底」世界名校挑戰賽哈佛戰隊的隊員!在艱難地贏得冠軍的過程中,我對他的才華、人品和智慧非常佩服!為他自豪!一年後得知他又挑戰自己登上了聖母峰,更是由衷地贊嘆!一個從精神到體力都這麼強悍的人,是青年真正的楷模!

——孫玉紅

哈佛大學甘迺迪政府學院 2003 屆 MPA,問校友教育創始人

People looking from top to bottom have totally different world view than people looking from bottom to top.

——許亮

哈佛大學商學院 2003 屆 MBA

合一資本創始合伙人、哈佛北京校友會副會長

大于登聖母峰是創業者精神的集中體現:冒巨大風險,成就偉大事業!

——楊瑞榮

哈佛大學商學院 2003 屆 MBA,遠毅資本合伙人

大于和我兩家人是世交,他也是我的哈佛學弟。他在事業和學業方面都非常優秀,總是能達到別人無法企及的高度。這次攀登聖母峰又一次達到了新的高度,他是我認識的唯一到過世界之巔的人。

——楊玥

哈佛大學商學院 2003 屆 MBA,前凱雷投資集團董事

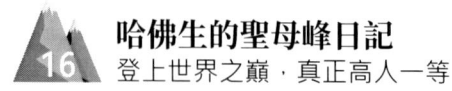

哈佛生的聖母峰日記
登上世界之巔，真正高人一等

　　一個堅韌、有勇氣、有夢想、堅持做自己、不斷挑戰自我的可愛的大男孩！看夠了形形色色的所謂世俗的「成功」，大于登頂，才是真正的一股清流，一派清凜！

——梁楓

哈佛大學商學院 2004 屆 MBA

梭羅《野果》譯者、魯迅文學獎陳先發《九章》譯者

　　大于登頂聖母峰前，我和他還在商量關於哈佛校友會的一個活動事宜。他在二號營地、海拔 6500 公尺處對我說：一定準時來。說到做到，是大于的人生信條。他在最小的事上是這樣，在大事上也是如此。草蛇灰線，伏脈千里。有這樣的人生信條，一個珠穆朗瑪峰，還遠遠不是大于的人生頂點。

——郁飛

哈佛大學商學院 2005 級 MBA，畢括咨詢董事長、銀虎國際資本合伙人

原哈佛商學院北京校友會會長、現哈佛大學北京校友會董事

　　在 45 度傾斜的雪坡上，10 級大風的狂嘯也擋不住他向上的腳步……這是我記憶最深刻的一段影片。Lawrence 登頂成功的背後是日復一日枯燥的體能訓練，是挑燈夜讀各種文獻資料，是克服恐懼的心理建設。正如他說的，成功沒有捷徑！

——王瑄

哈佛大學商學院 2006 屆 MBA，亞騰投資有限公司主席

　　Lawrence 的行動力、勇氣及毅力總是令人感動，這次登頂聖母峰的經驗相信也可以為讀者提供更多生活的啟發！

——Michael Chuan

哈佛大學商學院 2008 屆 MBA，沃爾瑪中國副總裁

同 Lawrence 相識源於一次雲南香格里拉的徒步活動，印象中的他能「折騰」、精力無限。但沒想到他幾年後「折騰」去了聖母峰。在微信朋友圈追隨了他登頂的全程，嘆服他的勇氣和毅力，尤其是在隨時要應付困頓和危險的過程中他仍不間斷地用文字和圖片給我等蠅營於日常的人傳達正能量。相信在他每一個「折騰」的背後，都有一顆強大的心和對生活無比的熱愛。

——Frank Sun

哈佛大學法學院 2007 屆 LLM，Latham & Watkins 律師事務所合伙人

Lawrence 和我是哈佛校友。他是一個有抱負、有理想，為了實現人生目標而努力奮鬥的人。登上聖母峰是 Lawrence 對自己的又一次嚴峻挑戰。為你驕傲！

——Amanda Cheng

哈佛大學牙醫學院 2008 屆 DMD，US，Sleep Apnea 創始人、主任醫師

對於每個登山者來說，攀登珠穆朗瑪峰都有其獨特的意義。感受人類極限，不斷挑戰自我，用生命探索未來，這也是大于對人生的詮釋和對朋友們的激勵。

從海拔 8848 公尺到 8849 公尺，這一公尺的高度是精神高度，願大家都有勇氣攀登每個人心中的聖母峰。

——高毅

哈佛大學商學院 2008 屆 MBA，百放新藥孵化中心聯合創始人、醫療投資人

我認識大于將近 10 年，我一直相信他會到達常人不能到達的高峰，沒想到竟是世界最高峰。大于是我人生中認識的第一位也是目前唯一一位到過世界之巔的人。

——王俊

哈佛大學商學院 2008 屆 MBA，L，Catterton Asia 合伙人董事總經理

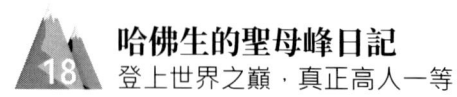

哈佛生的聖母峰日記
登上世界之巔，真正高人一等

大于是我們的榜樣，這次登頂聖母峰，也是我們哈佛校友的驕傲！他總是待人謙遜友善，樂於分享，並幫助他人。他對事業和生活總是保持好奇和開放的心態，從不隨波逐流，果敢的認定方向，果敢並高效率的執行。他陽光正向的價值觀也總是深深感染和鼓舞著周圍人。他不斷挑戰和超越自我背後的勇敢、堅毅、淡定令我佩服和尊敬。期待《登頂無捷徑》一書的出版！

——肖褘

哈佛大學本科 2008 屆 AB

新希望集團原首席投資官、新希望草根知本集團副總裁

有些人生，溫和平淡，多年一成不變；而另一些人生，起伏跌宕，時常會爆出驚喜。智博的人生顯然屬於後者。相識於哈佛商學院，迄今已有一輪，期間智博的精彩人生經歷屢屢讓我這個老同學喝彩。登頂無捷徑，成功亦然。走進智博的登頂之旅，瞭解他背後的勇氣與堅持，相信這本書會帶給您共鳴與啓發。

——白荻

哈佛大學商學院 2009 屆 MBA，知合出行科技有限公司總裁

Amazing achievement! Not everyone can climb Everest, but Lawrence'sstory is an inspiration to us all, reminding us, in our own lives, in our own way, to dream big and take risks.

——Hang Tan

哈佛大學商學院 2009 屆 MBA，貝恩咨詢公司合伙人

我自己曾經一直有登頂聖母峰的想法，也曾徒步過聖母峰大本營。當年哈佛商學院同一學習小組的同窗及好友 Lawrence 提前完成了這一壯舉，欽佩他的決心和毅力。他為我們立下了榜樣！

——呂崴

哈佛大學商學院 2009 屆 MBA，太盟投資集團執行董事

　　哈佛的圈子，最不缺的就是各路精英，于智博是其中最讓我敬佩的一位。我記得念書的時候，非金融出身的他為了弄懂金融的課程，經常學習到深夜兩三點。當大多人屈服於繁重的學業和眼花繚亂的活動時，于智博還游刃有餘地寫了兩本書。大于在哈佛不是最聰明的，是他的堅忍不拔、行事果斷、堅定意志，讓他一直走在了大多數人的前面。當大于告訴我要去征服聖母峰的時候，我就覺得他一定會成功，就像他已經征服的人生中的一座又一座其他聖母峰一樣。大于，你是我們哈佛人的驕傲！

——Robin Zhang
哈佛大學商學院 2009 屆 MBA，Nike 資深總監

　　我和于智博同一年從哈佛畢業，之後一直關注他。他屢屢挑戰事業和生活中的種種極限。但我萬萬沒想到幾乎毫無登山經驗的他，居然第一次嘗試攀登聖母峰就成功登頂了！不過，我並不建議其他人效仿，畢竟他是運動員出身，底子好。

——譚礦
哈佛大學法學院 2009 屆 LLM，美國美富律師事務所合伙人（香港辦公室）

　　認識大于十多年，一個字形容他——「倔」。凡事越是困難，他越充滿鬥志，每一個生命中的高點只會是他下一個起點。這次他真的登頂至最高點，駐足回望這段旅程，靈魂深處的積澱和蘊藏的能量，勢必觸動心緒，期待本書的出版！

——周恩賜
哈佛大學商學院 2009 屆 MBA，Google 中國策略合作總監

　　「再不瘋狂就老了！」這是我認識于智博十多年來對他的印象。從小時候一個人背包來美國，到哈佛畢業後創業，再到哈佛歷史上攀登聖母峰第一人。

　　在瘋狂的背後，我看到的是不斷挑戰極限的他，不斷超越自我的他，執著前行的他！這是我的好兄弟于智博！

——張自權
哈佛大學商學院 2009 屆 MBA，時代資本創始合伙人

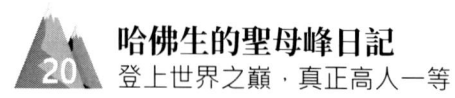

哈佛生的聖母峰日記
登上世界之巔,真正高人一等

聽說 Lawrence 要去聖母峰,我把登雀兒山(海拔 6168 公尺)的攻略發給了他,心想,你先登個雀兒山再說。結果這位老兄竟然一鼓作氣登上了 8848 公尺!登聖母峰需要勇氣、毅力、體力,更需要緣分——人類在大自然面前,永遠渺小。期待 Lawrence 以聖母峰之巔的格局和眼界,登上人生的一個又一個巔峰!

——常鶯星

哈佛大學甘迺迪政府學院 2010 屆 MPA

登聖母峰猶如創業,是非常難得的人生體驗。

——陳強

哈佛大學甘迺迪學院 2010 屆 MPA,遠毅資本合夥人

我和 Lawrence 去過貴州和新疆,每次跟他去爬山我都非常佩服他不拋棄、不放棄的態度,值得我們學習。

——Damian Isler

哈佛大學商學院 2010 屆 MBA,Gessner 集團總裁(瑞士)

之前聽說大于去登聖母峰,我就覺得這個想法很瘋狂;不過再想想,有意思的生命不就是應該瘋狂地享受和度過嗎?我或許沒有勇氣或者能力去攀登聖母峰,但通過讀大于的《登頂無捷徑》,能夠領略一把瘋狂的人生,妙哉!

——林潔敏

哈佛商學院 2010 屆 MBA,商湯科技副總裁

如果你和 Lawrence 一起上過健身房,你一定會對他傲人的肌肉曲線印象深刻,但是要攀登聖母峰光靠一身肌肉是不夠的,必須有像 Lawrence 一樣超乎常人的「心靈肌肉」,這是 Lawrence 最與眾不同的地方,他有驚人的意志力、抗壓性和說到做到的魄力,因此他才能不

斷征服他人生中一座又一座的 「聖母峰」！

——Mark Lin

哈佛大學商學院 2010 屆 MBA，摩拜單車海外運營主管

Lawrence 在哈佛校友圈內赫赫有名，是個超級「斜槓青年」。2017 年我們在非登山季去到墓士塔格峰大本營時，他就一馬當先跑上了海拔 5500 公尺的雪線。登頂聖母峰又一次證明了他勇於突破自我，但和他人生中許多其他成就一樣，特別水到渠成！

——唐蜜

哈佛大學法學院 2010 屆法學碩士

凱易律師事務所（Kirkland & Ellis）香港辦公室合夥人

聽說大于登聖母峰，我並不意外，因為他一直是一個執著、堅持、敢於挑戰並能夠實現夢想的人。祝賀他！

——張學午

哈佛大學商學院 2010 屆 MBA，供職於蘋果公司

認識大于九年了，一直以來他給我留下的印象就是果敢、有衝勁、有韌性。去登聖母峰，既在意料之外，也在情理之中。登聖母峰不是拚體力，而是細緻的系統工程，充滿規劃、準備、溝通和執行等各方面的挑戰。登聖母峰所需要的素養，也是職業成功的重要因素。非常期待大于的書，也祝願大于繼往開來，不斷挑戰人生新高度！

——朱宏煒

哈佛大學商學院 2011 屆 MBA，普超資本合夥人

一步一攀，一呼一吸，山之仰止，人之敬畏，萬古長空，一朝白雪。恭喜校友，身體力行，證明了「腳下每一步的方向比速度更重要」。

——艾誠

哈佛大學甘迺迪學院 2012 屆公共政策碩士，艾問創始人、賽富亞洲投資合夥人

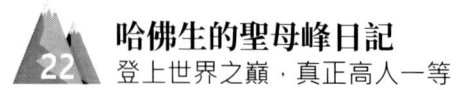

哈佛生的聖母峰日記
登上世界之巔,真正高人一等

攀登聖母峰,需要的不僅是信心和勇氣,更是源於自身的強大素養和綜合實力,還有擁抱可控風險的積極態度和堅毅執行力。Bravo!大于!

——王思佳

哈佛商學院 2012 屆 MBA

波士頓咨詢公司大中華區職業發展和人才流動經理

A. 我知道大于一定會帶著好消息回來!

B. Lawrence 讓我頭疼。

C.《登頂無捷徑》中講述了大于的失敗、教訓,當然也有他的成功。我們更多的是從一次次挫敗而不是勝利中學習更多。這就是現實,但你一定會愛上大于的探險經歷!

——吳沁沁

哈佛大學設計學院 2013 屆 MDES,Ground Truth 中國區市場營銷及銷售經理

大于給人的印象是謙遜、勤奮和堅持,恰和登山者的要求不謀而合。他的故事,為哈佛貢獻了一段傳奇,更是哈佛中國人的驕傲。

——洪海

2014—2016 哈佛訪問學者,《哈佛中國人》作者

Lawrence 的成功登頂令人欣喜卻並不意外,因為他時刻讓人感受到強烈的拚搏精神和鬥志。期待 Lawrence 的更多捷報。

——佘祖熙

哈佛大學教育研究生院 2014 屆教育學碩士,熙點教育創始人 & CEO

為 Lawrence 的勇氣與毅力點讚,他總是在創造著奇跡。

——許瀟葦

哈佛教育學院 2014 屆教育學碩士,博實樂教育集團出國留學中心總監

大于是我人生中認識的第一位也是唯一一位到過世界之巔的人,其精神讓我敬佩。

——張國威

哈佛大學設計學院 2016 屆建築設計碩士,GWP 建築事務所總裁兼主持建築師

聖母峰是世界至高點,是人類徒步能夠到達的極限。但智博師兄成功登頂,在自然界最嚴酷的考驗中不退縮、不卻步,一往無前、探索極限,是哈佛校友的榜樣,我們以他為榮。也希望通過這本書激勵更多人為心中夢想奮鬥!

——張潤州

哈佛大學甘迺迪政府學院 2017 屆 MPP,貝殼海外事業部總助

登聖母峰,對於我們大多數人來說很遙遠,是件非常「離奇」的事!但是 Lawrence 去登聖母峰我並不奇怪,因為他是個有著非同尋常能力、非常篤定、極其有信念的人。我一直很佩服他的勇氣、能力和決心,也期待閱讀這本書!I'm sure it will be an amazing read.

——朱梓檉

哈佛大學 2018 屆 LLM

我還記得 Lawrence 在登山途中還和我發有關工作的信息,他就是這樣一個什麼都做到,什麼都在挑戰自己的人。期待 Lawrence 的新作!

——陳悅

哈佛大學商學院 2019 屆 MBA,必得文化傳媒創始人

得知智博勇登聖母峰的故事要出版成書,我不僅為他高興,更為年輕的讀者們高興,因為我曾經也是其中的一位。直至今日,我與智博算是經歷過悲歡離合的老兄弟了,我在十多歲那會受益于智博的自傳三部曲,從俄勒岡鄉村高中到哈佛商學院的每一步讓我都覺得,因為他的鼓勵,我開始了在成長道路上的自我探索。在過去的十多年裡,我與智博的關係也一直在變化,從一個簡單的崇拜者,到能夠互相傾訴分擔的兄弟,直至 2018 年,我也成為哈佛

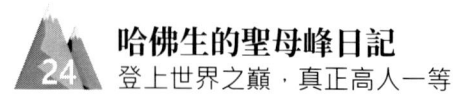

哈佛生的聖母峰日記
登上世界之巔，真正高人一等

商學院的校友。我們平日各自工作充實繁忙，但也不忘時不時地互相問候，感謝智博在我成長的第一個關鍵十年裡的鼓勵，因為這段經歷讓我實在感嘆歲月與命運的奇妙，而我也希望這樣的相互支持與感情會成為我們未來更多十年的重要基石之一。

——戴華偉郎

哈佛大學商學院 2019 屆 MBA，新前沿生物醫藥投資控股策略投資總監

哈佛大學校長來香港時，很自豪地說，我們有一位哈佛校友代表登頂聖母峰了！我很自豪地說，大于敢於追夢，堅持不懈，相信他也會把這種登頂精神應用於生活中的所有領域！

——于盈

哈佛大學甘迺迪政府學院 2019 屆公共政策碩士

以前只知道登聖母峰很難，Lawrence 讓我確確實實地知道登聖母峰有多難，多麼挑戰人的極限。但登頂成功和 Lawrence 的性格是分不開的：絕不放棄，言出必行。

——馮培軒

哈佛大學商學院 2021 屆 MBA，Facebook 大中華區營銷方案經理

　　經過一年多的不懈努力，哈佛大學華南校友會終於獲得校方批准及授權，於 2019 年 2 月正式成立。同年 3 月，華南校友會創始成員向哈佛大學現任校長白樂瑞及夫人、副校長等人送上哈佛校史上飄揚最高的校徽。

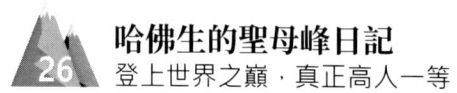
哈佛生的聖母峰日記
登上世界之巔，真正高人一等

目錄

Day 01　CA437，加德滿都
2018 年 4 月 5 日 39

Day 02　準備進山
2018 年 4 月 6 日 41

Day 03　「死亡跑道」——盧卡拉機場
2018 年 4 月 7 日 43

Day 04　途經《聖母峰》取景地——懸崖雙吊橋
2018 年 4 月 8 日 47

Day 05　登山裝備終於「失而復得」
2018 年 4 月 9 日 51

Day 06　喜馬拉雅山的明珠——天波切寺，尼泊爾最高佛寺
2018 年 4 月 10 日 54

Day 07　抵達海拔 4350 公尺的丁波切
2018 年 4 月 11 日 58

Day 08	訓練後「要命」的高燒 2018 年 4 月 12 日	61
Day 09	攀登聖母峰的必修課堂——羅布切峰 2018 年 4 月 13 日	68
Day 10	登聖母峰必修課第一節：攀升到高營地 2018 年 4 月 14 日	72
Day 11	登聖母峰必修課第二節：衝頂羅布切峰 2018 年 4 月 15 日	77
Day 12	徒步客的終點——聖母峰南坡大本營 2018 年 4 月 16 日	80
Day 13	讓人熱淚盈眶的普迦儀式 2018 年 4 月 17 日	85
Day 14	世界最高的診所和浴室 2018 年 4 月 18 日	90
Day 15	臨陣磨槍：「恐怖冰川」訓練日 2018 年 4 月 19 日	94
Day 16	訓練、工作兩不誤， 世界最高的金融 IT 系統測試 2018 年 4 月 20 日	99

哈佛生的聖母峰日記
登上世界之巔・真正高人一等

Day 17~18	雪線之上的世界「名人堂」 2018 年 4 月 21 日—22 日	104
Day 19	行走在「恐怖冰川」之間，與死神近距離接觸 2018 年 4 月 23 日	110
Day 20	不是一個人在挑戰 2018 年 4 月 24 日	114
Day 21	雪崩！原計劃擱淺 2018 年 4 月 25 日	116
Day 22	等待也是一種考驗 2018 年 4 月 26 日	120
Day 23	名不虛傳的「恐怖冰川」 2018 年 4 月 27 日	123
Day 24	低估了一號營地到二號營地的難度 2018 年 4 月 28 日	127
Day 25	人生中第一次高原反應 2018 年 4 月 29 日	132
Day 26	放棄不丟人 2018 年 4 月 30 日	135

Day 27	在海拔 6500 公尺發燒了 2018 年 5 月 1 日	140
Day 28	聽聞奶奶去世的噩耗 2018 年 5 月 2 日	143
Day 29	乘直升機下到南切休整 2018 年 5 月 3 日	146
Day 30	「赤腳大夫」治我的昆布咳 2018 年 5 月 4 日	148
Day 31	買書，看 NBA，品夏爾巴餐 2018 年 5 月 5 日	152
Day 32	世外桃源——騰真諾爾蓋的家鄉 2018 年 5 月 6 日	155
Day 33	奶奶，您走好 2018 年 5 月 7 日	159
Day 34	開始閒不住了 2018 年 5 月 8 日	162
Day 35	提前啓程徒步回聖母峰大本營 2018 年 5 月 9 日	167

哈佛生的聖母峰日記
登上世界之巔・真正高人一等

Day 36	省吃儉用 2018 年 5 月 10 日	173
Day 37	在大本營為我舉辦的「歡迎晚宴」 2018 年 5 月 11 日	177
Day 38	隊友團聚大本營 2018 年 5 月 12 日	182
Day 39	看老天臉色 2018 年 5 月 13 日	185
Day 40	我的「遺言」 2018 年 5 月 14 日	188
Day 41	衝頂階段開始！高原反應也如期而至 2018 年 5 月 15 日	191
Day 42	「起死回生」的丹木斯（Diamox） 2018 年 5 月 16 日	194
Day 43	抵達「掛」在洛子壁上的三號營地 2018 年 5 月 17 日	196
Day 44	另一個 10 小時攀登， 抵達人類海拔極限的四號營地 2018 年 5 月 18 日	202

Day 45	十級大風，零下 40 度，12 小時攀登，8 小時下撤， 目睹 3 具屍體，雙腳凍傷，終於站上世界之巔 2018 年 5 月 19 日	205
Day 46	上山容易，下山難——飛來橫禍 2018 年 5 月 20 日	215
Day 47	終於回到大本營，10 個腳趾凍傷已無知覺 2018 年 5 月 21 日	219
Day 48	老天終於賞臉，「允許」我們飛往加德滿都 2018 年 5 月 22 日	221
Day 49	CA438，成都 2018 年 5 月 23 日	223

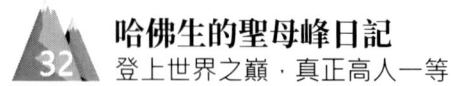

哈佛生的聖母峰日記
登上世界之巔,真正高人一等

前言：跟著大于登聖母峰

起因
ORIGIN

　　說起珠穆朗瑪峰想必很多人都感覺既熟悉，又陌生。畢竟我們小學就學過珠穆朗瑪峰是世界最高峰，有 8848 公尺，位於西藏境內。但同時對於很多人來說，她又很陌生。聖母峰到底在哪呀？長什麼樣子啊？8848 公尺是多高啊？別說去過，很多人一輩子就連看都沒有看到過這世界最高峰的尊容。我很有幸，在 2012 年秋天驅車前往聖母峰北坡大本營，遠眺了她的尊容。那時候能看一眼聖母峰，遠遠地合個影，我就已經覺得很了不起，很知足了。壓根就沒想過要去攀登聖母峰，那是訓練多年的專業登山隊才有可能去嘗試的事情。

　　2016 年 4 月，我組織哈佛校友前往雲南山區開展了一次扶貧及徒步活動。在那次活動的徒步環節裡，大部分時間我們較輕鬆地沿著山路徒步。但其中有一天，商學院的陶一陽、法學院的王旻初和我三人與當地藏族嚮導索楠組成了一個小分隊向大寶山前進，目的是挑戰一下自己，感受一下累和難。當天我們走了 20 多公里山路和雪地，大約 13 個小時。早上天才微微亮我們便出發了，夜裡過了 8 點，一片漆黑才回到牧民的小木屋。一進屋，我就癱坐在火堆旁，大口大口喘氣，半晌沒說話。20 多分鐘過去我才終於緩過勁來。那天我第一次真正領略了高原大自然的威力。我穿著平時健身房裡穿的透氣跑步鞋和牛仔褲就上山了，那個時候我連一雙普通徒步鞋和一條軟殼褲都沒有。過膝的積雪很快就把我的鞋和褲子浸透了，呼嘯的山風和飄揚的大雪也讓我難以招架。最後我們沒有登上大寶山，只是遠遠地看了看。就這樣，我當時也已經累得筋疲力盡。但正是這次準備不足的雲南徒步，勾起了我對高山的興趣。

34 哈佛生的聖母峰日記
登上世界之巔，真正高人一等

2016 年的 10 月，我又組織了一次哈佛校友新疆喀什秋遊活動。那次活動讓我第一次近距離接觸了一座在登山圈裡排得上號的雪山——慕士塔格峰。但我僅僅是在其大本營過夜，然後第二天趁著自由活動時間「溜達式」地向上攀爬了大概 3 小時。剛剛觸摸到雪線，我就折返下山了。這一次我爬山仍然沒有任何登山裝備，沒有氧氣瓶，甚至連徒步鞋都沒有，又是僅有的一雙跑步鞋和一條牛仔褲。當地嚮導對我在毫無準備而且毫無裝備和經驗的情況下能「溜達」到慕士塔格的雪線，然後還毫無高原反應現象，感到驚訝並連連讚嘆：「你怎麼敢就這樣上去？」、「很多登山隊要準備一年才敢上山！」、「你真的一點高原反應都沒有嗎？」後來我才知道，我到的雪線已經是 5500 公尺了，而且很多登山隊是把慕士塔格當作衝擊 8000 公尺高山的訓練山峰來對待的。也就是說，要想登 8000 公尺的雪山，就要先過慕士塔格這一關。不過我們的新疆當地嚮導看了我的狀態後半開玩笑地說：「智博，我覺得你可以跳過慕士塔格，直接挑戰聖母峰了。」誰知道他這一句玩笑話，卻真的挑起了我對聖母峰的興趣和一些想法，而且在兩年後還成真了。在這之前哪敢考慮攀登聖母峰啊！那是連想都不敢想的事！那是職業登山運動員的事！

一年後，我隻身前往尼泊爾，徒步去聖母峰大本營，並攀登了島峰。這是一次探勘，或者說是一次模擬考。由於從中國的北坡攀登聖母峰需要辦理各種煩瑣手續，而且就算手續辦完了也不見得就能獲得登山許可證，所以我放棄了從中國登聖母峰的打算，轉而把目光拋向了從南坡的尼泊爾登聖母峰。可去過幾十個國家的我還偏偏一次沒去過尼泊爾。飲食如何？天氣如何？當地人態度如何？登山路線條件如何？救援成熟嗎？等等，我一無所知，但又都必須瞭解清楚。所以，我就趁著假期，去了尼泊爾，徒步 10 天去聖母峰大本營探勘，然後又花了兩天時間攀登了在當地頗有名氣的島峰。島峰是一座測驗型雪山。雖然海拔只有 6200 公尺，僅僅與聖母峰二號營地海拔同等，但它衝頂部分的大冰壁有足足 400 公尺。這與攀登聖母峰的必經之路——洛子壁和最終衝頂階段是非常相似的，可以說是迷你版的洛子壁和聖母峰衝頂階段。它給希望登聖母峰的人們提供了非常難得的測試場所。登島峰是我第一次登雪山，第一次穿冰爪，第一次用安全鎖，第一次用上升器 8 字環，第一次

用冰鎬，第一次深夜開始登山，第一次駐紮在 5000 多公尺的海拔⋯⋯

還有太多太多的第一次。結果是，我用了 6 個半小時登頂島峰，又用了 5 個小時下山。完全是個登山新手的我能有這樣的表現，我的夏爾巴嚮導尼瑪表示看好我登聖母峰。要知道尼瑪可是成功登頂聖母峰 8 次的絕對登山高手。他能給我這樣的評價，也是真正堅定我信心去嘗試登聖母峰的重要原因之一。

創業拚命
Entrepreneurship

在接下來的半年裡，我不僅要保持訓練（尤其是體能），還要和家人們和創業夥伴們「鬥智鬥勇」。他們既心痛我，又關心我，所以並不是很支持我去挑戰聖母峰。不過，話說回來，又有幾個家人和朋友會一聽你要去挑戰和飛機飛行高度相仿的世界最高峰就立刻表示支持呢？而且，挑戰聖母峰確實存在著許多風險。

攀登聖母峰的利弊一定要分析透徹、考慮清楚後才能行動。人命關天的事情絕對不能莽撞和武斷。我要是回不來，首先全家人傷心透頂是肯定的，然後公司會受到極大的衝擊，再說了我還沒結婚呢！所以，無論是家庭還是事業都會面臨極大的風險。但是，如果我成功登頂了，那麼隨之而來的光榮也會是獨一無二的。尤其是對我們這樣一個毫無品牌和名氣的初創公司，登頂聖母峰意味著公司會自然而然地獲得關注，意味著公司品牌希望與世界之巔平等靠掛的願景與超強行動力，意味著企業形象和精神不言而喻地樹立與潛移默化地傳播。冒著生命危險為公司代言值得嗎？有人覺得不值得，甚至有人覺得我傻，但我覺得這個險值得冒！任何能讓公司殺出重圍的機會都要勇敢地嘗試，都要全力以赴地爭取，創業不就是拚命嗎？！

2017 年年底，經過最後一次艱難的長達 5 個小時的家庭與公司混合會議後，千難萬難，左右衡權，斟酌再三，大家最終達成共識支持我去嘗試這次壯舉。到現在那一幕幕還猶如昨日。至今，我依舊深深感謝各位對我的信任和支持！

哈佛生的聖母峰日記
登上世界之巔，真正高人一等

準備
PREPARATION

接下來的幾個月就是「備戰期」了。從小熱愛體育運動的我曾經有過一個代表祖國勇奪奧運金牌的夢想。對於現年36歲的我來說，成功挑戰聖母峰就是我的奧運金牌了。備戰包括身體和心理兩大部分。

身體又分體能、力量和技術三部分。由於我從8歲開始堅持運動到現在，所以身體的基礎是不錯的。但僅僅靠平時積累起來的「老本」來「對付」聖母峰是肯定不夠的。我給自己制定了一個強度遠超平時的訓練計劃：每週一、三、五練體能，在32分鐘內跑步7公里，再加上前後的準備和緩衝活動，一共8公里；每週二、四、六練力量，引體向上30個、伏地挺身120個、深蹲120個、仰臥起坐240個；每週日休息。跑步或力量訓練有時被游泳取代，45分鐘至少游1800公尺。在制定了這個計劃之後的3個月裡，無論是刮風下雨還是烈日當頭，無論是健身房還是街道公園，無論是工作日還是週末節假日，無論是在成都、深圳還是世界各地出差，我每一天都嚴格按照計劃去執行，並且記錄在日記裡，甚至選擇性的發到網路上和群組裡。在4月5日啓程出發時，我的身體狀況已經調整到了近年來的最佳狀態。

在增強體能和力量的同時，登山技術的訓練也是絕對必要的。如果說在體能和力量上我有過去的積累，那麼在登山技術上我可以說是白紙一張。特別是14座8000公尺以上的世界最高海拔雪山，更是一座也沒登過。而且登山技術也不是自學可以得來的，需要有專業的教練。這時候，我得知2018年1月登山隊在四川四姑娘山舉辦聖母峰特訓營的消息，這真是及時雨。那一週我學得非常認真，練得非常刻苦，問得也特別多。從專業的角度，第一次學習用冰鎬，第一次學習穿冰爪，第一次學習穿登山靴，第一次學習用安全帶，第一次學習用下降器，等等。特訓結束後，我並沒有停止技術訓練，而是力所能及的在城市裡練習基本功和熟悉裝備。而且，我知道到了聖母峰大本營之後，我們還有為期兩週的訓練可以強化技術。

心理上的準備也必不可少，甚至更為重要。心理上的準備並不是指每週看一次心理醫生之類的，而是盡可能多地瞭解聖母峰，吸收關於聖母峰的方方面面的知識

和前人的經驗。書籍、影片、網上的資料和訪談，是我獲取信息的四個主要管道。這次攀登聖母峰是從位於尼泊爾的南坡上山，而大部分從南坡上山的攀登者都是外國人，所以我選擇了四本非常有代表意義的英文書籍 Into Thin Air、The Climb、No Shortcuts to the Top、The Will to Climb。每一本書我都仔細閱讀，並且在重點處做了標注。有不明白的地方立刻在網上查找輔助資料，直到弄明白為止。這四本書的作者都是多次登頂聖母峰的登山家。從他們的書中，我不僅獲得了豐富的關於聖母峰的歷史、地形、天氣、難處、特點等知識，而且還學到了很多關於登山的經驗。讀完一本書，就好像作者帶著我登了一次聖母峰。讀完這四本書，至少在心理上我已經登了四次聖母峰。而且我把每本書裡的內容進行對比閱讀，既能強化記憶，又能多次確認其真實性，非常有趣，非常有收穫！

另一個獲取聖母峰知識的重要管道是影片，包括電影以及紀錄片。電影畢竟是電影，肯定有部分戲劇化成分。但是，也有相當部分是實景拍攝，是根據真實事件改編，會盡量還原當年現場，是有相當學習價值的。關於聖母峰的影片不少，我不僅基本都看了，而且把幾部登其他山的電影也看了，比如說《巔峰極限》、《八千米死亡線》，等等。關於聖母峰的電影裡面，2015 年上映的好萊塢大片《聖母峰》是我看得最多的，看了十幾次。這部影片一是比較新，所有的畫面都是高清的。二是電影劇本是根據 1996 年聖母峰頂上真實發生的山難改編的。拍攝組盡最大努力還原了當年的情景，而且除了登頂部分，其他都是在尼泊爾實景拍攝的。三是儘管時隔 22 年，但當年的登峰路線和使用裝備和今天的都還差不多。所以，這部影片很有借鑒價值。我出發前幾乎可以背下電影裡的每一個細節。這在我實際登山時給予了相當大的幫助，因為每到一處我都不陌生，好像以前來過。另外的一些影片包括美國的 IMAX 大作《挑戰極限—聖母峰》，英國的 BBC 紀錄片《最狂野的夢想：征服珠峰》，韓國 2015 年的票房冠軍《喜馬拉雅：返家之路》，中國的《天階》，等等，這些影片都從不同角度展現出了攀登同一座山峰可能發生的情況和需要準備的內容。

搜索網上資料是現代人必不可少的生活組成部分。我也沒少花時間在網上調查。但是，現在網上的信息泛濫，而且不少是錯誤資訊。所以，在閱讀網上資料時，我

哈佛生的聖母峰日記
登上世界之巔，真正高人一等

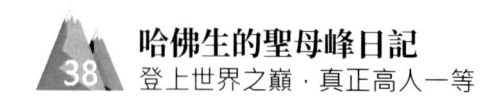

格外小心。登聖母峰是人命關天的事。如果被網上的錯誤資訊害了，那就真是連喊冤都無門了。

採訪曾經登頂聖母峰的人士也是非常重要的一環。我前前後後深度採訪過四位登頂者。有男士，也有女士；有中國人，也有外國人；有從南坡上的，也有從北坡上的；有20多歲的，也有快50歲的；有職業登山者，也有登山愛好者；有初次登頂的，也有多次登頂的；有失敗多次最終取得成功的，也有首次挑戰即成功登頂的。總之，我能接觸到的，有代表性的登頂人士，我都懇請他們向我講述親身經歷，傳授個人經驗。在這裡，我要特別感謝陝西省登頂聖母峰女性第一人沙姐，和中國唯一的8000公尺海拔登山嚮導張寶龍先生。感謝他們不厭其煩地回答我的問題，甚至有時候是重復的問題！感謝他們毫無保留地給我講述他們登峰時的點點滴滴！他們的經歷分享對我登峰起了至關重要的作用，再次感謝！

出發
Start Off

經過近半年的準備，2018年4月5日清晨，我搭乘中國國際航空公司的航班，正式從成都出發飛往尼泊爾，開啟了攀登聖母峰之行。媽媽送我到雙流機場。過去20年她送我到機場不下兩百次，從未見她流過淚。但當天的氣氛有點怪怪的，我似乎看到她眼睛裡含著淚水。她別的沒說，就說了一句「登頂不重要，平安回來就行」，然後給了我一個緊緊的擁抱，扭頭就走了。是啊！登聖母峰是有生命危險的，每年都有好些人因此失去生命。這世上沒有誰能保證登山者的生命安全。那一刻，我感到了生離死別的凝重，心裡想著一定要活著回來！

當地時間上午11點，飛機準時落地加德滿都。機場的模樣和機場外亂糟糟的場景與電影裡演的一模一樣。當地登山隊的人員接上我們後，便徑直來到酒店。我們將在加德滿都休整一天，熟悉隊友，檢查裝備，辦齊手續，然後再正式出發進山。

Day 01
CA437，加德滿都
2018 年 4 月 5 日

飛機慢慢降落在停機坪上，輪胎摩擦地面的聲音和飛機艙外的獨特紅磚建築物，無不讓乘客意識到已經安全抵達目的地——加德滿都國際機場。

加德滿都，是尼泊爾首都和該國最大的城市，人口超過 40 萬，海拔 1370 公尺，是一座擁有 1200 多年歷史的古老城市。加德滿都坐落在喜馬拉雅山南坡，擁有得天獨厚的地理環境，這裡年平均溫度在 20°C 左右，氣候宜人，是世界聞名的旅遊勝地。

加德滿都國際機場是尼泊爾唯一的國際機場，也是世界各地攀登聖母峰的探險家來到尼泊爾的第一站。我很慶幸我是其中一員。

今天早上 8 點 45 分，我搭乘國航 437 航班從成都直飛尼泊爾加德滿都。全程飛行時長大概是 4 小時。尼泊爾時間和中國相差兩個小時零 15 分鐘，所以到達時是尼泊爾時間 10 點 40 分左右。

一出機場，就看到迄今為止最年輕的登頂聖母峰的世界紀錄保持者（16 歲）天巴夏爾巴，他為我們一個個戴上了歡迎花環。

到達加德滿都

哈佛生的聖母峰日記
登上世界之巔，真正高人一等

天巴夏爾巴為我們戴上了歡迎花環　　　　　全隊的行李

我們全隊一共 8 個人。大家在加德滿都匯合之前並不認識。今天也是大家第一次見面。我們隊的隊員是：

郭先生，寧波人，地產公司老闆。

李先生，吉林人，貿易公司老闆。

胡先生，青島人，軟件公司老總。

吳先生，四川人，前上市公司高管，天使投資人。

馬先生，吉林人，影視公司老總。羅先生，四川人，會計公司老總。

普尼瑪，女，尼泊爾人，攝影記者。

還有我。

另外兩位——張寶龍和包一飛是我們的登山嚮導。他們二位也是經驗豐富、身懷絕技。

上一次來加德滿都是 2017 年 10 月，也是我第一次來尼泊爾。

我清晰地記得當時走出機場時被拉客的司機「圍攻」的情景，但這次我已經習以為常，很快便找到了我們的地機人員。同時，我還清晰地記得上次在機場看著其他全副武裝的登山隊的那種羨慕和眼饞。而今，我儼然已經成為他們中的一員。

坐著小巴士，沿著塵土飛揚的「公路」行駛半小時後，我們到了今晚的駐地，準備好好休息。

結語：經過近半年的準備，我今天正式告別家人朋友，啓程了。

Day 02
準備進山
2018 年 4 月 6 日

今天的主要任務就是休整——休息＋整理。

這一天的休息是必要的。因為必須迅速適應得各方面差異尼泊爾。首先需要適應的就是飲食。這裡的食品、飲料、餐具甚至飲食時間，全都不一樣。幸虧我 2017 年來探勘過一次，要不然就更加難以適應了。比如，尼泊爾餐以咖哩為主，奶油是重點原料，比較油膩。但如果不吃，又確實沒什麼其他的可吃。昨天才和家人朋友們依依不捨地告別，今天正好作為上山前的一個緩衝，讓自己真正意識到登山之行已經正式開始，忘了家裡的舒適和溫暖吧。今晚再洗個熱水澡，睡個安穩覺，明天就要上山了！

這一天也是整理所有必備物品的最後一天。探路者集團是我這次挑戰聖母峰的裝備贊助商，幾乎把我武裝到了牙齒。但儘管這樣，我還是去了四、五家專業裝備商店，一是看看當地的行情，二是檢查是否還需要補充些必備品，萬一忘帶了點什麼就麻煩大了，山上可沒有商店。果不其然，還是缺了些東西，比如說平時很難買到的 75 公分的市面上最長的冰鎬、超厚連指羽絨手套、長腿厚羊絨登山襪。儘管這樣，還是有一件關鍵裝備沒買到，那就是 8000 公尺可開扣安全帶。在穿戴不可開扣安全帶時，登山者必須在穿登山靴之前先套上安全帶。在高海拔零下幾十度的環境下，不穿靴子先穿安全帶的這一兩分鐘就很有可能造成腳部凍傷。而可開扣安全帶的設計則允許登山者先穿靴，後帶安全帶，大大降低了穿戴時腳部被凍傷的風險。而我只有一條不可開扣的安全帶，雖然也可以用，但確實不如可開扣的方便。我深

哈佛生的聖母峰日記
登上世界之巔，真正高人一等

知在登山路上如果忽略任何一個微小的細節，都有可能演變為災難性的錯誤。可是，我們明天必須出發上山了，所以我只好寄希望於後面上山的團隊幫我帶上來了。

另外，我們一行人還參觀了加德滿都著名的杜巴廣場和大佛塔。我驚奇地發現 2015 年地震後正在重建的廣場居然用的都是「賓士牌」磚頭。

大佛塔

在杜巴廣場晒太陽的當地狗

「賓士牌」磚頭

結語：非常必要的承上啓下的一天，明天正式上山。

Day 03
「死亡跑道」——盧卡拉機場
2018 年 4 月 7 日

　　在加德滿都簡短地休整了一天半後，今天我們正式進山，計劃是搭乘早上 8 點 30 分的航班，從加德滿都飛往尼泊爾喜馬拉雅山脈入口的山間小鎮盧卡拉（Lukla，海拔 2800 公尺），然後再徒步 8000 公尺山路，在海拔 2650 公尺的帕丁村（Pakding）過夜。（Pakding 的海拔確實比 Lukla 低一點，過了 Pakding 就全是上坡路了。）

　　清晨 6 點 30 分，我們全隊人已經整裝待發，準時去機場。可誰知我們起了個大早，卻趕了個晚集。各個國家的登山隊伍、各類的徒步團體以及尼泊爾本國乘客，把小小的加德滿都國內航線候機樓擠得是水洩不通。正當我們都迫不及待想登上飛機「逃離」這裡的時候，廣播裡通知盧卡拉山區有霧，所有航班暫時停飛，具體起飛時間待定。這一幕讓我想起了 2017 年 10 月來尼泊爾徒步的那次經歷。當時，我在機場等了整整一天，三次登機推出跑道，又三次被請下飛機。最終那天還是沒飛成。等到第二天，花了更多的錢，改乘直升機才飛到了盧卡拉。希望這次不會重蹈覆轍。不過，有了 2017 年的經驗後，這回我是有備而來的。在等待起飛的漫長時間裡，我倒是在這狹小繁雜的空間裡鬧中取靜，又讀了一遍 Into Thin Air。那是一本非常精彩的攀登聖母峰的紀實小說。還原了作者本人 1996 年在聖母峰上的經歷，其中包括那次震驚世界的山難。更重要的是，這本書給我

滿載出發

44 哈佛生的聖母峰日記
登上世界之巔，真正高人一等

提供了大量的寶貴的攀登聖母峰的前車之鑒，稱其為我的聖母峰教科書也不足為過。

　　在經過 7 個小時的漫長等待後，下午 3 點，我們終於被通知可以起飛了。那是一架僅僅能容納 14 個人的小型螺旋槳飛機。飛機裡面沒有空調，沒有氣壓調節功能，更沒有娛樂系統。身穿夏爾巴服飾的空姐在起飛前給我們每人送上了一塊棉花。我一開始還不知道是幹嘛用的。飛機一啟動我就立刻明白了。原來飛機不隔音，棉花是塞在耳朵裡減少噪音的。那螺旋槳的聲音真是震耳欲聾，加上一路顛簸，還沒開始登山，我就似乎已經開始有高原反應了。

人滿為患的機場 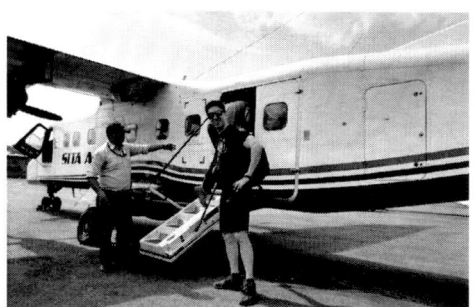　　　　　　螺旋槳小飛機

準備出發

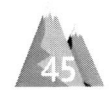

盧卡拉出名有兩個原因。第一，它是尼泊爾一側喜馬拉雅山脈的入口，所有的登山隊和徒步團都要從那裡進山；第二，它擁有著名的盧卡拉機場。世界上最短的跑道就位於此地，跑道長 460 公尺，僅有一般機場跑道長度的 15%，而且，這條跑道修建於高山上，460 公尺的盡頭就是懸崖峭壁。它號稱世界上最危險的機場，一點也不誇張。盧卡拉機場是由登頂珠穆朗瑪峰的世界第一人艾德蒙‧希拉里騎士募資興建的。原本是要建造在平穩的農田上，但因當地的農民不想放棄他們的農田而作罷，不得已在現在的位置興建機場。這裡也是離聖母峰大本營最近的一個機場。

尼泊爾喜馬拉雅山脈山門　　　　　　　　世界上最短的跑道，盡頭便是懸崖

　　起飛 30 分鐘後，我們在盧卡拉安全著陸。謝天謝地！在機場，我還「偶遇」了這次聖母峰行動的合作夥伴——探路者集團的直升機。遠在他鄉，看到熟悉的標誌，倍感親切。不過，本以為順利落地，終於可以開始登山了，我才發現高興得太早了。我的兩個托包和一個紙箱全都沒有隨飛機運到。我所有的登山裝備、生活用品、換洗衣物，特別是防寒和保暖衣物，全都在這兩個托包和紙箱裡面！只有寄希望於加德滿都機場的地面人員能夠把行李送上下一班航班了。不過，這倒也挺真實的，挺好，如果事事都一帆風順，那就太簡單了。

偶遇探路者集團直升機

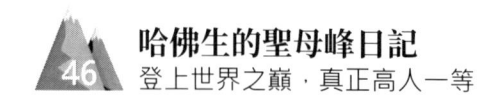

哈佛生的聖母峰日記
登上世界之巔，真正高人一等

稍作休整後，下午 4 點，我開始徒步前往帕丁村。下過雨後的山路尤其濕滑。幸虧我提前換上了探路者的徒步鞋，鞋子抓地力很強，也很舒適。步行了 8000 公尺山路後（其中最後 1/4 的路程完全是摸黑前行），終於到達了今晚的驛站——海拔 2650 公尺的帕丁村。路上有個小插曲，那就是一位當地的小朋友，正好也往帕丁村的方向走。看起來才四五歲的他，速度居然和我差不多。登山真是要從娃娃抓起啊！走著走著，小朋友竟牽住了我的手一起往前走。我還真有點不習慣。但同時獲得了他的「認可」，我又很開心，似乎喜馬拉雅山在歡迎我，而他就是喜馬拉雅山派來歡迎我的小使者。小朋友一路牽著我嘻嘻哈哈又蹦又跳，一點也不生分，好像我就是他哥哥。

帕丁村海拔不高，一般人都不會有什麼反應。它也沒有什麼旅遊資源，純粹是一個歇腳的驛站。明天要開始向上攀升近 900 公尺，前往海拔 3500 公尺的南切鎮。今晚的主要任務就是好好睡一覺。

路上牽手伴我同行了一段山路的當地小朋友

結語：等待 7 小時後，我們終于飛往了盧卡拉——尼泊爾喜馬拉雅山脈的入口。安全著陸在世界最短的跑道後，步行 8000 公尺山路，到達了今晚的驛站——帕丁村。但是，我的所有行李都沒有隨飛機抵達。希望能找得回來。

Day 04
途經《聖母峰》取景地——懸崖雙吊橋
2018 年 4 月 8 日

　　今天歷時 6 小時，徒步 11000 公尺，海拔攀升近 900 公尺。於下午 3 點半，我們終於到達尼泊爾喜馬拉雅山脈重鎮——海拔 3450 公尺的南切。途經曾經多次出現在電影裡的著名的懸崖雙吊橋。

　　位於中國的聖母峰北坡大本營是可以開汽車直接前往的。而前往位於尼泊爾的聖母峰南坡大本營就幾乎全要靠徒步了。從盧卡拉開始，一路到聖母峰大本營，沒有公路、沒有飛行航線，更沒有鐵路，連汽車、火車、摩托車、自行車都沒有。所有的物資運輸全靠驢、騾子、氂牛和背夫。到了大本營，驢、騾子和氂牛也退出了舞台，就只有背夫和登山者自己往上扛了。前往聖母峰南北坡大本營的路線和方式各有千秋。北坡大本營可以開車前往，那麼就意味著能更快到達，可以更便捷地運輸物資，不過修路就不可避免地破壞了原生態環境。南坡大本營只能徒步前往（有極少部分人乘直升機前往），那麼 10 天的徒步行程本身就是一種挑戰（也可以說是一種享受），而且物資的運送很緩慢，但這卻完美地保護了大自然。尼泊爾這條盧卡拉—聖母峰大本營徒步路線是世界公認的五大最美徒步路線之一。每年它吸引著上百萬的遊客從世界各地來到尼泊爾，是其旅遊業中當仁不讓的支柱項目。

　　這 11000 公尺山路幾乎是不停地向上攀升。早上剛出發時，室外到處都是冰霜，而且人還沒有活動，感覺很冷。有的隊友甚至已經換上了羽絨服。但等到中午，已經是艷陽當頭。徒步攀登了幾個小時後，人人都大汗淋灘。可是一停下來，就立刻感到寒風呼嘯。留著汗的時候，被冷風一吹很容易引起感冒。在這高海拔地

哈佛生的聖母峰日記
登上世界之巔，真正高人一等

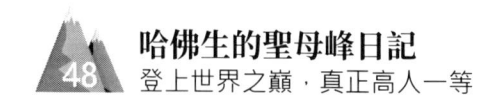

區，一旦生病了，那可是件要命的事。我們每人都隨身帶了不少應急藥。但在高海拔地區，由於氧氣稀薄，人體機能逐漸衰退，消化功能也減弱。所以，從食品中攝取營養成分也好，從藥品中吸收藥物成分也好，其效果都大打折扣。人一旦生病，就算吃了很多藥，也很久都好不了，除非下降到低海拔地區。而且，感冒、發燒、咳嗽等在低海拔地區就是些常見的小病，但在高海拔地區，它們卻是腦水腫和肺水腫的主要導火線。腦水腫和肺水腫都是可致命的突發性高海拔疾病。尤其是腦水腫，其徵兆極不明顯，甚至可以說是非常隱蔽，但病發幾個小時內就可以致命，連給人搶救的時間都很少。每年都有登山者因其喪命，其中還不乏一些知名的登山高手。所以，我們哪怕渾身大汗，外面還得裹著外套，很不舒服。

原始風光美不勝收

但裡熱外冷的交錯感，並沒有影響我們欣賞大自然的原始風貌。一路上青山綠水，上上下下的徒步客們時不時與我們打招呼，問我們來自何方；氂牛隊叮叮噹噹的駝鈴聲好像喜馬拉雅獨有的交響樂；夏爾巴背夫們扛著貨物還隨身播放著悅耳的山歌。一公尺多寬的沒有任何防護欄的山路儼然成了一條繁忙的「茶馬古道」。就這樣，一路出著大汗裹著外套，看著山景，聽著駝鈴和山歌，我們來到了著名的懸崖雙吊橋。

這個雙吊橋修於幾十年前，懸空上百公尺，最初的目的是方便山民們往來。但它現在的主要使用者早已變成了不計其數的登山者和徒步客，和為他們運送物資的夏爾巴背夫，以及氂牛隊、騾隊和驢隊。而且，這對吊橋曾在多部影片和多部暢銷書裡出現。它們現在是名副其實的喜馬拉雅一景。由於年久失修，下橋現在已經沒人走了，上橋成為主要通道。走在上面，我覺得風更大了，有一種騰空感。吊橋也是晃晃悠悠的，我往下瞄了一眼奔騰的河水，立刻頭暈。此處不宜久留，趕快通過吧。真佩服那些還在吊橋上自拍的人。

著名的雙吊橋　　　　　　　　　人和動物共享上橋

　　過了吊橋，又是一段長長的向上攀登的山路，似乎看不見南切的影子。可是轉過一個山面後，一個很精緻的 U 形的小鎮便突然出現在我們眼前。到南切了！南切房子都是兩三層高，錯落有致，而且大部分是藍色屋頂，所以一眼望過去好像青山上鑲了一塊藍寶石。讓人很想趕快進去看看究竟。

南切鎮快到了　　　　　　　　　俯瞰南切鎮

　　我們入住的旅館正巧是我 2017 年徒步時入住的同一家。當時我還真有點重回故里的感覺。老闆和老闆娘顯然沒認出我，但他們依舊熱情地招呼我們。我也很興奮能再次見到坎差老先生。這位老先生可不是普通人。他是這家旅館的鎮店之寶，乃

哈佛生的聖母峰日記
登上世界之巔，真正高人一等

至整個南切的鎮鎮之寶，甚至稱他為尼泊爾國寶也不為過。他就是 1953 年人類首次登頂聖母峰時，那支登山隊的成員之一，也是他們中唯一的在世者。坎差老先生多次代表夏爾巴族人，代表整個尼泊爾出訪世界各地。他可以說是現代聖母峰攀登史的全程參與者和見證者，我稱他為「聖母峰活化石」。這家旅館就是由他兒子和媳婦經營的，而他本人也就住在二樓的一個房間裡。每到用餐時間，老先生就下樓與客人們聊天，也樂呵呵地滿足大家合影的要求。不知不覺間，他也成了這家旅館的活招牌。老先生已經 83 歲了。希望他長命百歲！

今天不輕鬆，但很美好。唯一的遺憾是我的行李還沒有被找到，只能寄希望於明天了。沒法洗澡，也沒有換洗衣服，今夜只好連續第二個晚上髒髒地睡覺了。

結語：今天上升了 900 公尺，途徑著名的雙吊橋，抵達南切。身體狀態良好。在旅館與坎差老先生重逢，分外開心。唯一遺憾是行李依舊沒找到。

Day 05
登山裝備終於「失而復得」
2018 年 4 月 9 日

　　今天陽光明媚，一睜眼就是好心情。我心裡暗暗期盼這個好天氣能帶來好運氣，能夠增加我找回行李的機率。如果今天還找不回來，那麼我明天就不能再隨隊伍前進了。再往上走就要到接近海拔 4000 公尺的地方，氣溫劇降。我過去三天上身一直穿著一件 T 恤和一件衝鋒衣，下身就是一條薄軟殼褲。我穿著這樣的裝備在南切的晚上已經凍得瑟瑟發抖。如果在海拔 4000 公尺的地方還穿成這樣就屬於找死了。大家明天都會穿上薄羽絨服。不過，就算我在南切原地不動等一天，也不見得行李就能找回來。等也不是，不等更沒法前行，真挺讓我揪心的。

　　但我有一整天時間，又有這麼好的天氣，我不能就在旅館待著，白白浪費掉這個時間啊！我決定除了領隊佈置的量，我再自己給自己加量訓練。南切位於兩山環抱的 U 形半山腰。而翻過其山頂，再往東翻過一座山就能看到「媽媽的項鍊」——阿瑪達布朗峰（Ama Dablam），這座 6856 公尺的著名雪山。它以單體獨立高聳入雲而著稱。雖然海拔不是很高，但攀登技術難度很高，是不少專業登山家們一生中必攀的山峰之一。接著再走 30 分鐘，7861 公尺的努子峰和 8516 公尺的洛子峰就出現在眼前了。這兩座山峰是聖母峰的衛峰，都很雄偉壯觀。而沿著這條山路再往東走半小時，就可以到達號稱世界最高的五星級酒店「聖母峰觀景酒店」（Everest View Hotel）。顧名思義，在那裡可以遠眺珠穆朗瑪峰。聖母峰觀景酒店的戶外咖啡廳更是不少登山隊和徒步團必定會光顧的地方。人們可以在那裡喝喝咖啡，吃吃麵包，拍拍照片，看看聖母峰，聊聊人生。旺季時，每天都要排一陣子隊才有地方

哈佛生的聖母峰日記
登上世界之巔，真正高人一等

坐，有時甚至要併桌。

　　來迴路程一共花費4小時，有爬坡有平路，不多不少正好適合作為鍛鍊的量。登山是個和自己比賽的運動，一切全憑自覺。攀登聖母峰是有生命危險的，我絕對不敢有一絲的掉以輕心。一天不練我都覺得坐立不安。但是在高海拔地區鍛鍊又要非常小心和有節制，練多了也不好，反而容易有高原反應，而且體力難以恢復。所以來回4個小時的山路剛剛好。我知道這些又得歸功於我2017年10月來尼泊爾的徒步經歷。經驗又派上用場了。

　　傍晚6點左右，掛了一天的太陽也開始慢慢下山了。夜色逐漸降臨。南切的夜晚是那麼的平靜、和諧，與城市的喧囂形成鮮明的對比。旅館老闆娘已經幫我們做好了尼泊爾式晚餐，白米飯配豆湯（好像湯泡飯）。坎差老先生也準時坐到了他專屬的餐桌上。在外面玩了一天的小黃狗也回到室內吃起了它的晚餐。一切都是那麼的祥和。唯一不和諧的是我沒到的行李。吃完晚飯已經夜裡8點了，我幾乎已經放棄今天找回行李的希望，準備明天繼續等待了。因為山路沒有燈，夜路幾乎沒法走，如果白天背夫沒有上來，那晚上就更沒戲了。

　　可是，恰恰是在這個我已經快放棄的節骨眼上，有人推門進來了。一個165公分左右，晒得黝黑的夏爾巴年輕人，身背三件行李出現在旅館前庭。他已經累得氣喘噓噓，滿頭大汗，而且還有點蹣跚。他緩緩地放下背上的行李。我仔細一看，正是我的行李！三件都到了！真是峰迴路轉，失而復得！我的行程終於可以照原計劃推進了。不過，在高興找回行李的同時，我很感謝也很心疼那位年輕人。我的三件行李哪件都不輕，但他居然一個人把三件全都扛上，一路從盧卡拉背到了南切。這好像一天之內跑了兩趟馬拉松。而且，我後來得知他在途中還扭了腳，所以走到天黑才到南切。他看上去也就20歲不到，滿臉稚氣。真是不容易！我給了他雙倍的小費以表謝意。

晚上8點，「失蹤」了3天的行李終於失而復得

寫到在這裡,我順便說說夏爾巴的情況。夏爾巴(Sherpa)這個詞本身的意思就是東方人。他們的祖先就是藏族人。400多年前,一些藏族人從西藏地區翻山越嶺來到今天的尼泊爾境內耕作生活。直至今日,夏爾巴人的文化、服裝、飲食、信仰、日曆等都和藏族人非常類似。夏爾巴語和藏語也有80%的相似度,文字則完全一樣。一路上,五彩經幡、白塔、喇嘛廟、瑪尼堆一直陪伴著我們。如果不是還有尼泊爾文的路牌,我甚至以為我們就在西藏境內呢。這些從出生就生活在高原的夏爾巴人對高海拔非常適應,擁有常年穿梭於山路的體能和經驗,這使得他們成為喜馬拉雅山脈登山運動產業中不可或缺的人群。每年3月初到5月底的登山季,和每年9月中到11月中的徒步季,是當地夏爾巴人賺「大錢」的時候。當地的成年男子會以不同的形式參與進來。有當登山嚮導的,有當徒步協作的,有當廚師的,有當翻譯的,有趕犛牛、毛驢、騾子、馬隊的,還有當背夫的。當地的成年女子則大部分留守家園照顧老人和孩子。而在一年的其他時間裡,夏爾巴人基本上都是農民,各家都有自己的青稞田和土豆地。登山季和徒步季的工作都很辛苦。但那幾個月的收入卻是平時務農收入的4~5倍。所以,當地幾乎沒有不參與到登山或徒步產業中來的成年男子。可謂是真正意義上的靠山吃山,靠海吃海。但反過來說,如果沒有夏爾巴人的協助,要是想登上珠穆朗瑪峰那真比登天還難。從100年前人類開始首次挑戰聖母峰,到1953年人類首次登頂,再到當今的商業登山,夏爾巴人的參與和貢獻都是至關重要,甚至是決定性的。

　　結語:今天在南切等行李。自己給自己加量訓練。晚上天黑後,行李終於送到了南切,明天得以按原計劃上山。夏爾巴人真的是喜馬拉雅登山運動中不可或缺的人群。

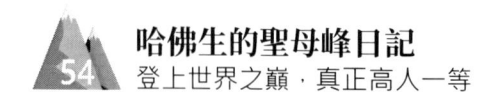

> 哈佛生的聖母峰日記
> 登上世界之巔，真正高人一等

Day 06
喜馬拉雅山的明珠
——天波切寺，尼泊爾最高佛寺
2018 年 4 月 10 日

　　海拔 3860 公尺，血氧 91，心跳 58。

　　早上 6 點，我已經醒了。打開窗戶一看，發現對面的雪山下堆擠了一片雲海。這時我才意識到，我們已經在雲層之上了，我們所處的南切已經很高了。洗漱完畢後，便是每天都有的重要環節——早餐。

旅館窗外的雲海 　　　　　　　　　我的標準早餐

　　這邊的早餐雖然沒有豆漿油條，但其實還是挺豐富的。不過為了更好地吸收和保證不鬧肚子，我給自己制定了每天早餐的標準：3 個煮雞蛋（只吃蛋白），1 碗燕麥粥和 1 杯沖泡牛奶。煎蛋太油膩，蛋黃不易消化，所以我只吃有助於長勁的蛋白。山上沒有鮮奶，所以只能喝奶粉充泡的牛奶。再用奶泡上一碗燕麥粥。奶和燕麥都

是高營養食品，而且易消化。每日的早餐都是如此，我雷打不動地一直吃到了衝頂出發的前一天。同時，我一路上的所有餐食都不放糖，少鹽，更沒有味精。

飯後，早上8點半，我們一行人正式與南切告別，繼續向上出發了。在與旅館老闆辭別的時候，他使勁擁抱了我們每一個人，並一一送上了潔白的哈達，祝我們登山安全、順利。一句深情的「扎西德勒」（祝你吉祥），讓我不禁心裡有點顫抖。是啊，十幾年來，他送走過那麼多位聖母峰挑戰者，有順利登頂的，有安全下撤的，也有再也沒回來的。每次送走客人，就有可能是生離死別。

今天的目的地是位於海拔3900多公尺的天波切。天波切是高原森林自然環境與高原苔蘚自然環境的分水嶺。去往天波切的路上基本都有針葉林相伴。而過了天波切，則基本上看不到樹了，幾乎都是苔蘚、岩石和積雪。提到天波切就不得不說說天波切寺。這座歷史悠久的藏傳佛教寺廟是聞名世界的絨布寺的姐妹寺廟。絨布寺位於聖母峰北側，在中國境內。天波切寺位於聖母峰南側，在尼泊爾境內。數百年來，僧侶往來交流不斷。

前往天波切的山路是一直盤山而行的。山路的一側是山體，另一側便是懸崖陡坡。在不到兩公尺寬的路面上，我們還要經常和犛牛隊、騾隊「錯車」。每次「錯車」當然是人讓牛先行，不敢和那些大傢伙們搶。一路雲霧繚繞，高山流水，駝鈴叮噹，頗有點茶馬古道的感覺。不過這條「茶馬古道」理應是由尼泊爾政府出資來維護的，因為我們所有人進山前都交了不菲的登山許可費用，但事實上卻是當地的山民靠捐款來辛勤維護的。一位年近古稀的夏爾巴老爺爺在山路相對寬敞的地方擺了一個捐款箱，認真地向每一位路過的登山者介紹著修路的艱辛。2017年我徒步時，也看到過他。他的臉已經晒得黝黑發亮，估計已經在此堅守多年了。佩服老人家的堅持精神！祝老人家長命百歲！在下也盡了微薄之力，希望山路越修越好。

天波切寺

哈佛生的聖母峰日記
登上世界之巔，真正高人一等

山路一側的陡坡懸崖

像不像茶馬古道？

高原林海

為修路籌款的老爺爺

　　今天還有一件趣事，那就是我在路上居然偶遇我 2017 年徒步時的背夫——賽格爾。還是他先認出我來，主動跟我打招呼，緊跟著就給了我一個大大的擁抱。真有點他鄉遇故知的感覺！2017 年來尼泊爾徒步時，我還攀登了島峰這座 6200 公尺的初級雪山。而當時陪伴我前往島峰大本營的就是賽格爾。他 20 歲，別看個子不高，但渾身是勁。在去海拔 5100 公尺的島峰大本營的路上，我光背著隨身物品的小背包就覺得挺重了，但賽格爾背著我租來的全套登山裝備一天內走了個來回。等我從島峰下來後，他又陪我一路徒步回到盧卡拉。他既不講中文，也不講英文或葡萄牙文，但儘管如此，我們一路上通過肢體語言溝通，效果還不錯。他對我也挺照顧。很感謝他。

偶遇去年徒步時我的背夫——賽格爾　　　　　貨運直升機降落猶如電影大片一般

結語：今天出發前往天波切。身體狀態良好。路上偶遇2017年我徒步時的背夫。

哈佛生的聖母峰日記
登上世界之巔，真正高人一等

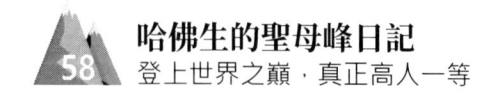

Day 07
抵達海拔 4350 公尺的丁波切
2018 年 4 月 11 日

　　海拔 4350 公尺，血氧 85，心跳 58。

　　今早 8 點，陽光明媚，我們接著啓程朝大本營進發。一出旅館大門，珠穆朗瑪峰第一次整體出現在我們全隊人面前。對於大部分人來說，來到尼泊爾一週了，徒步也 4~5 天了，第一次看到聖母峰真容還是非常興奮的。這似乎也給隊員們打了一針興奮劑，我們真的一步步地在向世界最高點靠近。她是那麼的巍峨、神聖，但同時又讓人有點恐懼。她是那麼遠、那麼高，65 年前的人類是怎麼上去的？那個年代怎麼會有人想去登聖母峰？更關鍵的問題是，我們真的上得去嗎？

最遠處那個「冒煙」的山峰就是珠穆朗瑪峰

說實話，剛剛看到聖母峰的那一瞬間，我突然回想起了我 15 年前初次去到哈佛的時候。那時候我是一名大三的學生，一位網上註冊來旁聽的訪客，哈佛就是我眼中的珠穆朗瑪峰，絕對的制高點。我是抱著朝聖的心態去那裡看看，根本沒想過我能成為其中一員。那可是全世界佼佼者中的幸運兒才有可能成為其中一員。而被哈佛錄取後，在哈佛的學習又是為期兩年的另一次艱苦攀登。畢業的時候既是哈佛求學生涯攀登的結束，又是職業生涯攀登的開始。不過人生不就是一次沒有盡頭的攀登嗎？這次我來向真正的世界最高峰發起挑戰了，心情挺激動也挺興奮的，躍躍欲試！

　　我們以聖母峰為背景進行合影後，便出發前往丁波切了。這是我們第一次到達海拔 4350 公尺的地方，也是比較辛苦的一段徒步。一路上，綠樹越來越少，積雪越來越多，風也越來越大，最後一小段還飄起了小雪。有的徒步隊友開始有高原反應，嚴重頭痛，渾身無力。我們的隊伍也開始逐漸分成幾個小部隊，各自按照各自的體力來前進。步行 6 小時山路後，我和另外兩個隊友是第一批到達丁波切的，比最後一位整整快了 1 小時。

　　丁波切的旅館也是我 2017 年徒步時歇腳的同一家旅館。進門後，看到服務員、老闆、菜單、客房仍和之前一模一樣，有點重回故地的感覺。旅館是一個單層連體磚房，有一間廚房、一間餐廳、兩間公共廁所、兩間浴室和 20 間房間。房間之間是用層板牆隔開的，隔音效果很差。鄰居的談話聲或打呼聲都能聽得清清楚楚。每間房裡面有兩張單人木板床，配有棉被（不過大部分住客都選擇用自己的睡袋）。戶外下著雪，我的衣服裡面流著大汗，還氣喘吁吁──挺煎熬的感覺。這時候老闆給我遞上來一杯熱果汁，真是及時雨，爽極了！而且，我洗了五天來的第一個澡。雖然洗一次 500 盧比（1 盧比 =0.39 元），而且還是和瓦斯桶一起洗澡，不過在這海拔 4300 多公尺的喜馬拉雅山上能洗個熱水澡，我已經很知足了。

哈佛生的聖母峰日記
登上世界之巔，真正高人一等

綠樹越來越少，積雪越來越

多第一次和瓦斯桶一起洗澡，
也是五天以來第一次洗澡

在這大山深處，手機是完全沒有訊號的。白天的徒步或攀登過程中，我們是完全與世隔絕的。但到了旅館，可以購買衛星 Wi-Fi 數據流量上網，但是價格確實不菲啊。22500 盧比，7G 的流量，涵蓋範圍最高到大本營。明碼標價，一口價。 不過也沒有其他通訊方式可選，所以不買也得買，除非一直不上網。但不上網顯然不行，我還得遠程工作呢。貴是挺貴的，但我轉念一想，在這樣的極限環境下，我們居然有 Wi-Fi 可以用，一是科技確實進步了，二是確實值這個價錢啊。我徒步上山到丁波切都氣喘吁吁，人家還得扛著設備、背著儀器來安裝，難度多高啊！不僅物有所值，還得感謝人家，希望人家把這個業務持續做下去，否則以後登山沒 Wi-Fi 用了豈不是更慘？

結語：今早，全體隊員首次看到了聖母峰。徒步 6 小時後到達了丁波切。我洗了 5 天以來的第一個澡。

價格不菲的喜馬拉雅山 Wi-Fi 網卡

Day 08
訓練後「要命」的高燒
2018 年 4 月 12 日

今天是深刻、折騰、難熬、難忘的一天。

早上起來，丁波切一片白雪皚皚

連續 6 天攀升後，今天是我們原地休整，適應海拔的一天。在接下來的日子裡，我們就要進入 5000 公尺以上的海拔了，也就是說要進入無人區了。這一天的休整並不是在旅館裡面待著。我們的休整是去附近的一座 5200 公尺的小山訓練。因為我

哈佛生的聖母峰日記
登上世界之巔，真正高人一等

們已經處在 4300 多公尺的高度，所以遠望這座山 5200 公尺的山峰，並不覺得它多麼高。而且它的形狀就像一個大大的土坡，緩緩地升高，沒有什麼攀登技術上的難度。所以，我們一行人出發前還真沒把它當回事，尤其是我，連水都沒帶。

5200 公尺的練習用小山

　　出發時，陽光明媚，我們一行人有說有笑，好像出門散步。但剛剛開始攀登才半小時，隊伍就已經開始自然分組。走的快的和走的慢的已經拉開距離。我出門時上了個廁所，所以比隊伍慢了幾十公尺。我心想追上這幾十公尺還不是小菜一碟。可是沒想到，在這 4300 多公尺的高山上，追這幾十公尺可真是不簡單。為了追趕，我的呼吸節奏被打亂，心跳更快，出汗更多，而且我還沒帶水。不過，雖然累得很，最後我硬是憑著較好的身體素養，趕上了隊伍。這時候已經挺累的，本應該停下來休息休息，但我覺得好不容易趕上了，這一歇又被人家超過去了，多划不來，多沒面子啊！就是在這種錯誤心態的慫恿下，我不僅沒有停下來，反而繼續攀升。

　　越往上走，人越累，腿像綁了沙袋似的。呼吸也越來越困難，總是感覺上不來

氣。而且，開始變天了。一個小時前出發時，還是大太陽天，現在已經雲霧繚繞，氣溫驟降。但薄羽絨服裡面的汗還是依舊不停地流。不過這些變化都沒有影響我向上攀登的意願。儘管很緩慢，但我依舊一步步朝頂峰前進。這個時候，由於霧大，我已經看不見頂峰了。一路向上時，陸續有更早時間出發的其他隊的隊員下山。似乎頂峰已經離我們不是很遠了。不過後來才知道，那只是個假象。因為不少人因為霧大，乾脆就放棄了登頂，中途下山了。我接著又向上登了近 2 個小時才到頂。早知道那麼遠，說不定我也就下來了，因為那天的狀態確實不好。

儘管很累，到了山頂我還是很開心、很興奮的。我拉開薄羽絨服，痛快地通風通風。看著腳下的山峰，還是有點成就感的。合影留念完後，正準備下山，另外兩個登山者也到頂了。他們請我幫他們留影。我也欣然助人為樂。可是沒想到這兩位愛爾蘭老兄可倒好，花了至少兩三分鐘戴手套、戴帽子、加衣服。而這兩三分鐘，我就愣在冷風中等他們。拍了五六張後，又開始與我攀談。客氣了幾句後，我實在開始覺得冷了，才告辭，開始下山。

馬哥和我訓練登頂時的合影　　　　　　　山頂起風了

一開始，我感覺還不錯。但越走，我越覺得累。以至於到了半山腰，我都有點走不動，坐下來歇了會。「這不對勁啊，我的體能肯定不止這個水準啊」，我自己心裡直納悶。再接著下山，甚至有點頭暈，不過還可以堅持。這時候，一位夏爾巴嚮導給我遞過來一瓶水，我咕咚咕咚喝了幾大口，感覺似乎好點了。就這樣，有點拖著自己身體的感覺，我一步步地磨蹭回了旅館。這時，我的其他隊友都已經回到

哈佛生的聖母峰日記
登上世界之巔，真正高人一等

旅館多時，已經打起了撲克牌。我累得一屁股坐在了旅館小院裡面的椅子上，說什麼也動不了，太累了。我在那把椅子上至少坐了半小時，一動不動。直到有隊友出來喊我進去吃飯，我才費了很大勁起身。不過面對熱騰騰的麵條，我一點食慾都沒有。我想是不是前幾天沒睡好，太累了，但自己沒察覺出來，現在一下子都爆發出來了？回去睡一覺說不定就好了。於是，我馬上逼著自己回到房間，連衣服都沒脫，倒頭就睡了。

大概過了3個小時，我醒過來了，可是疲勞感並沒有減弱，反而我覺得發冷、頭暈，一摸額頭，還挺燙。難道我發生高原反應了？不會啊，現在的海拔還不算高啊，況且我去過更高的地方都沒事。是不是感冒發燒了？這倒有可能。趕快去測個體溫。我借了兩個隊友的體溫計分別測了兩次後，有98.7華氏度，也就是平原地區的39攝氏度，確認發燒。在城裡發燒，一般吃幾顆藥，睡一覺就差不多好了。但在這4300多公尺的高海拔地區，人的抵抗力下降，消化功能減弱，藥效普遍下降，任何小毛病都變成了頑症。而且更可怕的是，一些小毛病演變成大病，甚至致命的幾率在高海拔地區大大增高。比如說，感冒、咳嗽、發燒就是肺水腫的頭號導火索。肺水腫則可能直接導致自己的體液倒灌入肺部，窒息而亡。通俗來說就是自己被自己淹死了。所以現在這個情況必須重視。

這天的晚飯我也一口沒吃，實在是吃不下去，而且頭痛得厲害，渾身沒勁。但是，我和成都的團隊約好了要測試我們的新產品的，所以再難受也要堅持。這是妥妥遞剛剛開發出來的影片雙錄產品。能在這4300公尺的高原測試也是一種創新和勇敢的嘗試。不過很可惜，由於種種原因，到最後我也沒等到成都團隊上線。那時我已經拖著病體堅持等待了兩個小時。實在堅持不住，不得不回房間躺下了。

這是一個難熬又難忘的夜晚。吃了兩片退燒藥後，我鑽進睡袋裡，把自己裹得嚴嚴實實，但還是渾身發冷。而且我感覺睡袋下的木板床格外硬。不知是不是因為剛才回房間的路上又著了涼，頭痛似乎還更嚴重了些（我們的房間與餐廳分別在兩個建築物內，它們之間隔了20公尺）。那個時候我特別想家，特別想我自己的床，特別想可口的飯菜⋯⋯正當我迷迷糊糊的時候，突然有人給我遞上一杯熱飲。我也

顧不了那麼多，一飲而盡。那個味道挺奇特，我一時還說不上來，但很可口。又是哪位好心人給我送熱飲喝呢？睜眼一看，原來是隊友馬哥。他的故事我在後面再介紹，現在實在是太難受了。馬哥給我喝的是煮沸了的薑汁可樂，專治感冒。在寒冷的高原上，喝熱水非常必要，而且還要大量飲用。在高原上感冒發燒時，喝熱乎乎的薑汁可樂，真有點對症下藥的感覺。不僅是這一杯，馬哥給我準備了整整一保溫壺的薑汁可樂，而且還準備了另一壺開水。這兩壺熱飲足夠我過一整夜的了。我當時非常非常感動。馬哥完全沒有任何義務來照顧我，純粹是好心幫忙。真正意義上的雪中送炭！後來得知，我們住的這個旅館還沒有可樂，是他冒著大雪跑去另外一家旅館買回來的。我說一百次感謝都不足為過！

這一晚上，我不停地喝著，喝完了薑汁可樂就喝開水。總之，把這兩個保溫壺的熱飲喝乾淨了。喝熱的就會出汗，出汗治發燒。我下身穿了兩條抓絨褲，上身穿了保暖內衣、一件抓絨衣和一件薄羽絨，腳上套了羊絨襪子，頭上戴了棉帽子，脖子上繫了擋風圍巾，然後再裹上零下20度的探路者睡袋，就露出了兩個鼻孔喘氣。整晚上全副武裝的裡外夾擊，我從頭到腳都被汗水濕透了，我身上所有的衣物甚至睡袋內側也被打濕

馬哥和在「病床」上的我

了。與此同時，我還上了六七次廁所。仔細觀察之下，我發現我的尿液確實一次比一次變淡，這也意味著我的身體變得越來越不缺水。之前的尿液全是暗黃色，那是嚴重缺水的症狀。就這樣，我翻來覆去地熬了一宿，祈禱著能有奇蹟發生。因為我深知，如果燒不退，我根本不可能帶病繼續前行。海拔越高，病症越難治癒。病情如果加重，我甚至要被迫下撤到低海拔地區治療。

不知過了多久，也不知我睡了多久，天亮了。又是昨天那種藍天白雲大太陽。我忽然覺得頭不痛了，身體也不發冷了。這是錯覺嗎？我趕快測體溫。是36.5攝氏度！我退燒了！那一刻，我真是覺得不可思議，既覺得懊悔，又覺得幸運。懊悔，

哈佛生的聖母峰日記
登上世界之巔，真正高人一等

因為我低估了大自然、輕視了大山，得到了應有的教訓，還給隊友們帶來了麻煩。幸運，因為我的身體很頑強地挺過來了，在這麼高的海拔、這麼短的時間內居然退燒了，而且現在大山給我敲這個警鐘很及時，總比在更高的地方出事好。之後我再也不敢為了追趕他人而打亂自己的節奏，再也不敢覺得熱就脫衣服，再也不敢上山不帶飲水，再也不敢高估自己的身體素養。在大自然面前，我們必須永遠保持敬畏，小心翼翼地靠近她。

第二天早上居然康復了，旅館老闆連呼奇跡

「大病初癒」的我和聖母峰開起了玩笑

看看誰力氣大

結語：訓練 5200 公尺的小山。結果下山後我感冒了，還發燒了。折騰了一整夜，第二天幸運地康復了。吃了個大大的教訓！感謝隊友馬哥的無私照顧！

哈佛生的聖母峰日記
登上世界之巔，真正高人一等

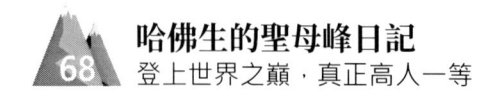

Day 09
攀登聖母峰的必修課堂——羅布切峰
2018 年 4 月 13 日

　　未來三天，我們全隊人將嘗試攀登羅布切峰，然後前往聖母峰大本營。羅布切峰海拔 6180 公尺，不算高，但它卻在登山圈裡很有名。原因有三：第一，它是一座非常類似聖母峰衝頂階段的模擬山峰，就像之前的島峰。通俗來說，羅布切峰的衝頂階段與珠穆朗瑪峰的衝頂階段非常相似，是不少登山者真正衝頂聖母峰前的必修課，為衝頂聖母峰而做好鏖戰的心理準備。之前一直在徒步，羅布切是整個行程中第一座真正意義上的雪山，也宣告我們正式進入登山模式。當然兩座山峰之間海拔相差 2600 多公尺，這一點是不可比的。第二，羅布切峰海拔近 6200 公尺，與 6500 公尺的聖母峰二號營地相似，登羅布切峰是一個不錯的適應海拔的選擇。也就是說如果在羅布切峰就高原反應了，或者上不去，那麼也就可以不用去嘗試聖母峰了。第三，由於羅布切峰的衝頂部分與聖母峰相似，所以它曾以聖母峰「替身」的形象多次出現在不同影片裡，也算是個高海拔「影城」了。

　　從丁波切出發，一路挺輕鬆的，大家都期盼著能真正開始登山。我們徒步了大概 4 個小時便到達了海拔 4900 公尺的羅布切峰大本營。所謂的大本營其實就是為我們幾個人搭建的 5~6 個帳篷而已。大本營位於一個相對開闊的沙灘上，營地後面就是聳立的羅布切峰。仰頭望上去還挺高的，而且非常陡峭，上面積雪滿滿。它一定不是一個「軟柿子」。而我們紮營的這個沙灘，其實是一個乾涸的湖底。每到夏天的雨季，這片沙灘就會被雨水和山上融化流下來的雪水淹沒，從而形成一個小小的季節性高山湖。在高原沙灘上紮營有好有壞。好處在於沙灘很柔軟，而且相對平

整,晚上能睡得舒服些。壞處在於這個沙灘是個風口,而且是個沒有任何屏障的大風口。晚上氣溫會驟降到零下 10 度,再加上呼呼的大風,這夜可真不好過。不過,這就是登山必須面對的現實,有得必有失。

徒步前往羅布切峰大本營

抵達羅布切峰大本營

兩人一間的帳篷(綠色的探路者睡袋是我的)

搭在沙灘上的營地

我們到了營地的第一件事就是趕快整理行李。把防潮墊鋪好,把睡袋拿出來晒太陽,把羽絨服拿出來,把頭燈準備好,穿上營地羽絨鞋,等等。別看這些好像都是不值得一提的小事。但是在高海拔地區,每一個小小的動作都會耗費相當多的體力;每一個微不足道的小事都會比在平原地區難十倍;甚至連從背包裡翻出水壺解渴都是個嫌累的活。所以,整理一會必須要歇一會,全部整理完畢往往要一個小時左右。不過正當我們累得(也是懶得)不想動時,夏爾巴嚮導給我們送上了熱氣騰騰的果汁。這時候來上一杯熱果汁,味道真是美極了!

哈佛生的聖母峰日記
登上世界之巔，真正高人一等

熱氣騰騰的果汁好像及時雨

　　整理完畢之後，我們下午進行了簡單的登山裝備訓練。這個環節雖然僅僅一小時，但是卻非常必要。上一次用全副登山裝備已經是1月份的事了。到現在已經近3個月了。在真正開始登山前，再熟悉熟悉裝備是非常有必要的，要不技術都忘光了。特別是我這回將第一次使用開扣型安全帶登山。（幾天前夏爾巴協作從南切帶上來的）怎麼穿戴、怎麼繫扣、怎麼鬆緊、怎麼掛鎖等任何一個細節都必須熟悉。錯過每一個微小的細節都有可能導致致命危險。接著就是反覆練習用繩索上升和下降，盡快地讓上升器和下降器與繩索磨合好，也盡快地讓自己與安全帶建立起信任。訓練不僅是熟悉和熟練裝備的過程，更是一個信任裝備的過程。登山者只有完全信任自己的裝備，才有可能登頂。

　　練了一個小時後，我開始感到背後越來越痛。其實，今天早上我就覺得後背不舒服，但以為可能是睡覺時不小心拉到了，不是什麼大事，伸展伸展就好了。但是，這一天下來，我也沒少伸展，背痛不減反增。到了晚上，痛得我都直不了腰，

只能彎著腰坐著，然後上身稍稍偏左傾才舒服點。平時我一向注意身體的柔韌性，每天早上第一件事就是伸展 12 分鐘。怎麼現在背部開始痛起來了？而且還越來越痛。以前從來沒有背痛過，真是費解！背痛讓我坐也不是，站也不是。那天晚上，夏爾巴嚮導看我實在疼痛難忍，便給我開了個方子。先是讓我吃了 4 顆小藥丸，非常小，但顏色卻是黑黑的。如果不是他們告訴我那是藥，我還以為是小泥球呢！聞一聞，確實有股中藥味，一問出處，來自印度。管不了那麼多了，試試看吧！然後，嚮導在我背部的痛處貼了一張膏藥。最後，又給了我一個熱水袋，讓我晚上放在睡袋裡熱敷。這我可是一百個沒想到，高山上居然還有熱水袋。他們對我的關心可以說是盡心盡力了。但願明早能有好轉吧。否則隨著海拔的攀升，後面的行程越來越難，靠硬挺是挺不過去的。剛剛感冒發燒才好，怎麼又開始背痛了？！

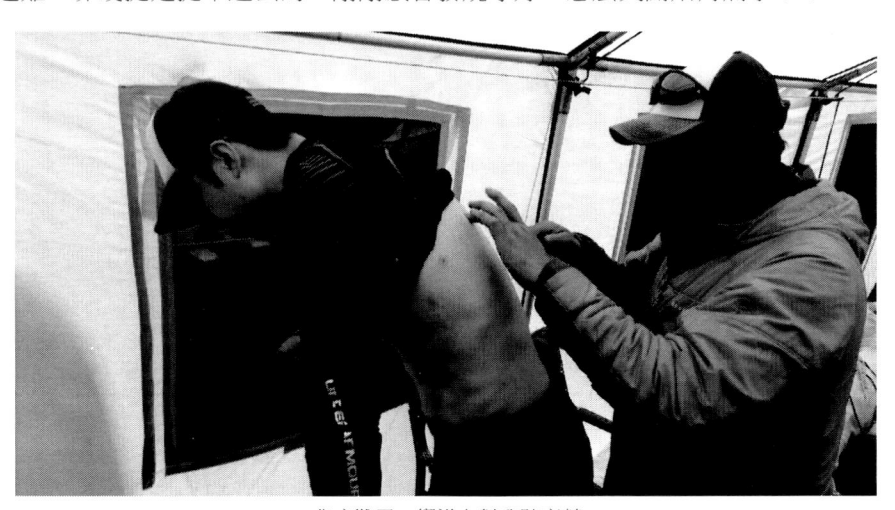

背痛難忍，嚮導在幫我貼膏藥

　　結語：今天出發到達羅布切峰大本營。羅布切峰是攀登聖母峰的必修課。感冒發燒才剛剛好，可是背部卻又開始疼痛。鬱悶！

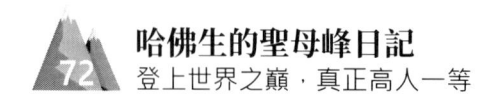

哈佛生的聖母峰日記
登上世界之巔，真正高人一等

Day 10
登聖母峰必修課第一節：攀升到高營地
2018 年 4 月 14 日

　　今天的任務是從大本營攀升到高營地，在那裡休息一晚，為明天衝頂羅布切峰做準備。高營地海拔 5300 公尺，與聖母峰大本營一樣，會是一個很好的模擬營地。但從大本營攀升到高營地的山路可真不好走。昨天我們還在山地徒步，今天一出門就開始陡峭地攀爬了。在這個海拔，山體上連一棵樹都沒有，苔蘚、亂石和積雪一路伴隨著我們。這也意味著一路上都是大太陽晒著，沒有任何遮攔。光禿禿的山顯得更加陡峭，甚至鋒利。儘管只是去另一個營地而已，但一路上很多地方都要借助繩索才能上得去。有的地方實在危險，退半步就是深淵，相比之下華山都不算什麼了。這才僅僅是去高營地，我心裡已經開始猜想明天的衝頂會是什麼樣，肯定不簡單！

前往高營地，一路陡峭攀升

背著睡袋、防潮墊、冰爪、高山靴、內膽、頭盔、頭燈、羽絨服、手套、水壺、食物、登山杖、安全帶、上升器和下降器以及防晒霜、醫藥箱等裝備，經過3個小時，我們到達了高營地。這些裝備是為了攀登羅布切峰準備的，是登聖母峰裝備的簡約版。真正攀登聖母峰時，所需的裝備更多、更重。到了高營地，第一件事自然就是安營紮寨、整理行李。但在這個高營地建營可真不簡單。高營地位處羅布切峰頂峰下的一個埡口上。這個埡口剛好是一片相對平緩的岩石平台，可以紮營。但由於海拔高，整個埡口全是雪。所以，大家第一件要做的事就是把雪鏟平，要不睡起來不僅會冰冷刺骨，而且凹凸不平。可是這麼厚的積雪又怎麼鏟得平呢？！來幾鏟子，盡力而為吧。

抵達高營地，開始鏟雪、紮營

我的帳篷旁五公尺開外就是懸崖，
連上廁所都有生命危險

從我的帳篷遙望對面的雪山

　　我們剛剛把帳篷搭好，把裝備鋪開，說時遲那時快，天立刻就變了。剛剛還風和日麗、艷陽高照，轉眼間就已經大霧瀰漫、雨雪交加。也就幾分鐘的功夫吧，我們便從陽光山景，變成了荒野求生。山上的天氣真是說變就變。這個時候就是鑽進

哈佛生的聖母峰日記
登上世界之巔，真正高人一等

帳篷裡休息的時候。其實在登山過程中，有相當一部分時間是在休息。但與其說是休息，不如稱其為一種熬人的等待。有時候半天，有時候 2~3 天，甚至一週，都要在帳篷裡面等待好天氣，才能出發前進。山上沒有網路，沒有電視，也沒有其他的娛樂活動。最普遍的打發時間的方式就是打撲克牌和閱讀。而當夜幕降臨時，幾乎就只有鑽進睡袋裡這一個選擇了。山上的夜晚格外安靜，也特別漫長。而且在山上哪怕就是一直躺著休息，也是一種體能消耗。人待得越久，就會越瘦弱，所以任何一個登山者都希望能早日衝頂。不過登山也確實急不得，必須要天時地利人和，所以耐心也是一個登山者所必備的素養。

瞬間從陽光山景變成荒野求生

不過今天我可沒讀書或者提前鑽進帳篷裡，我們的夏爾巴嚮導們請大家喝下午茶。這可是真正的高山茶啊！把雪水冰塊融化、煮沸，泡上英式紅茶茶包，再加上兩勺蜂蜜，味道美極了！再來上兩口巧克力餅乾，頓時幸福感「爆表」。帳篷外面飄著雪、刮著風，夏爾巴們喝著熱茶、吃著餅乾，有點飄飄欲仙的感覺。大家一邊喝

茶，一邊聊起天來。夏爾巴人對中國登山者是既歡迎，又覺得有點難「伺候」。歡迎，當然是因為近年來中國登山人數上升，再加上給小費出手闊綽，提高了夏爾巴人的收入。與此同時，他們又覺得中國登山隊員比較難「伺候」。最大的問題是語言，夏爾巴人一般都會講夏爾巴語、尼泊爾語和一些英文、日文，極少數的會講幾句中文。而中國隊員基本只會講中文。雙方溝通起來很費勁，有時會因此浪費不少寶貴的時間和精力、體力，也容易造成誤會。第二，中國隊員對飲食的要求很多，當地飯菜幾乎吃不下去。然後，中國隊員相比歐美隊員，普遍來說登山經驗較少、技術較弱、體能較遜，對夏爾巴嚮導們的依賴度更高，也就是說他們會更累。不過話又說回來，這些也是他們的工作內容之一，是分內的事。任何工作都有其困難和誘人之處。我是隊裡兩位能用外語交流的隊員之一。所以，我也樂意時常扮演翻譯的角色，為全隊貢獻點力量。也是由於溝通問題，這美美的下午茶就只有我受邀享用了。

高山下午茶

　　下午茶的時候是有說有笑，但到了晚上這一覺可是真難熬。夜裡氣溫劇降，至少降到了零下 10 度。帳篷裡雖然有防潮墊、睡袋，但雪地冰面的寒氣可以瞬間穿透

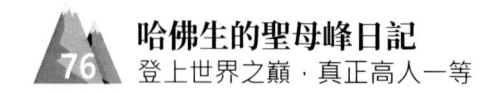

哈佛生的聖母峰日記
登上世界之巔,真正高人一等

它們。再加上地面凹凸不平,我又背痛不止,整個一宿我翻來覆去,根本就沒怎麼睡。我的第一個5000公尺以上的夜晚就這樣讓我難忘。這也是我目前人生中睡過的最高的一覺。

　　結語:今天從4900公尺的大本營攀升到了5300公尺的高營地。在雪地裡紮營、過夜。明天衝頂羅布切峰。

Day 11
登聖母峰必修課第二節：衝頂羅布切峰
2018 年 4 月 15 日

　　凌晨 4 點，我們出發，開始衝頂。當天天氣很好，就算是凌晨夜間，能見度也很高。在徒步和準備了 10 天後，終於可以首次攀登一座雪山了。大家期待許久，可謂是摩拳擦掌，躍躍欲試。一出發，我們的速度都不慢。先是攀登了一大段岩壁。這段岩壁由於陡峭，積雪不多。我們並沒有使用冰爪，甚至在途中相當部分沒有使用繩索，而是徒手攀登的。

　　這段岩壁攀爬倒是勾起了我小時候在公園裡爬假山的回憶。我小時候是以不安分守己著稱的。爸爸媽媽曾經為了挖掘我的音樂天賦把我送去學手風琴，可我在一次回家路上卻把手風琴「拋屍」路邊。但一到公園，我就立刻生龍活虎起來。只要是「傳統項目」我幾乎都不去，覺得沒意思，就對爬假山、爬樹等「高危險」活動情有獨鍾。後來爸爸媽媽只要發現我不見了，就往假山頂或者樹頂找我。有一次去香山，我自己一溜煙跑到了山頂，等了半晌還不見大人們的身影，就折返下山與他們匯合。他們還以為我沒登頂，在半道上等他們呢！現在徒手攀爬羅布切峰的岩壁部分，我毫無懼色，反而覺得挺有意思、挺刺激。不知這是不是就所謂的「天生如此」。

　　過了岩壁，上到另外一個埡口，眼前立刻就是一片白雪皚皚。夏爾巴人稱這裡為駱駝背，連接兩座山峰的中間部分。從這裡開始，我們的攀登就需要全程使用冰爪了。顧名思義，冰爪是可以咬住冰的登山裝備，其形如利爪。把它綁在登山靴的底部，登起雪山來才能落腳不滑，一步一個腳印。但是登山靴本身已經一公斤多一

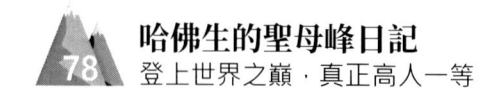

哈佛生的聖母峰日記
登上世界之巔，真正高人一等

隻，再加上半公斤重的冰爪，有如腳下綁著沙袋登雪山。可是沒有冰爪，登山者絕無可能登上任何一座雪山。而且，如果冰爪的品質不好，或者在穿戴時出現問題，那就非常有可能造成生命危險。在雪山上，離了冰爪是真正的寸步難行。

我們穿戴好冰爪後，先是在一段相對平緩的雪地前行，除了每次抬腿邁步要花大力氣以外，還算安全，難度也不大。大概又過了1小時，我們便來到了羅布切峰的最後衝頂部分。那是一個幾乎垂直向上，而且高不見頂的大冰壁。要不是之前有登島峰的經驗，我心裡還真發牢騷，這怎麼可能上得去？但這就是雪山攀登的必經之路。登頂羅布切峰的最後部分——衝頂大冰壁，我一共花了2個多小時。到頂時，我已經是累得氣喘吁吁，渾身大汗，在地上蹲了好一陣才緩過來。但是山頂的景色是無可比擬的。只有堅持到了山頂，才可能看到眼前美不勝收的景色，尤其是從這裡可以看到聖母峰。這個角度的聖母峰看起來更加魁梧、更加險峻。羅布切峰就是個迷你版的聖母峰。一個月後，我們將挑戰真正的珠穆朗瑪峰。

我們從羅布切峰頂，先是下撤到高營地。在那裡稍作休息後，又下撤到大本營。在大本營用午餐，然後再出發前往今晚的駐地。相對攀登，下撤一直是我的弱項，似乎真的印證了「上山容易下山難」那句老話。我是全隊第三個登頂的人，但卻是全隊最後一個完成下撤的人，而且比倒數第二位慢了近一個小時。以至於隊伍都已吃完午飯，收拾完行李，休息片刻並且接著出發前往今晚的駐地了，我才剛剛回到大本營。後來我自己客觀分析，覺得原因有三：技術、經驗和視力。在全隊裡，我是絕對的登山菜鳥。來這之前，僅僅登過一座6200公尺的雪山。其他隊友至少比我年長10歲，而且都攀登過多座雪山，有多年的經驗。他們對繩索的運用，對上升器和下降器的使用，都比我熟練無數倍。上山時也許感覺不明顯，但下山時，熟練的就可以省體力，速度還快，不熟練的自然速度慢，而且還會耗費更多的體力。同時因為登山經驗少，面對幾百公尺高的幾乎垂直的冰壁時，我的恐懼感遠遠高於其他人。這就造成了我行動緩慢，每邁一步都不由自主地停下來看一看，才敢邁第二步或接著放繩索，生怕出什麼事。但如果經驗豐富，可能就會對這樣的下撤場景習以為常了。最後還有個原因就是我的視力不好。雖然幾年前做過近視矯正手術，不

用戴眼鏡了，但還是有點近視。走在雪地裡還好，但走在岩壁上，有時還真看不清楚下面的岩石是扎實的還是鬆動的。這就逼得我不得不放緩腳步。這三條加起來，不僅造成我下山的速度緩慢，而且還消耗了更多體能。回到大本營時，我也是癱坐在地上好一陣才緩過來，彷彿一天登了兩座羅布切峰。如果要我給有興趣登山的讀者提個建議的話，那就是請以我為前車之鑒（反面例子），一定先多練幾座山再循序漸進挑戰更高的山峰。

　　結語：今天成功登頂羅布切峰，並且安全下撤，儘管已經筋疲力盡。這是我人生中的第二座雪山。

哈佛生的聖母峰日記
登上世界之巔,真正高人一等

Day 12
徒步客的終點——聖母峰南坡大本營
2018 年 4 月 16 日

今天的目的地就是珠穆朗瑪峰南坡大本營。已經來尼泊爾 12 天,今天終於可以一睹其真容了。這一路有點朝聖的感覺。早上 9 點才出發,算是把昨天攀登羅布切峰的疲憊緩過來了。徒步 5 個小時,終於在 4 月 16 日下午 3 點,我們抵達了大本營。從羅布切村到聖母峰大本營的路途,相比之前 10 天的徒步路程不算難。我們基本上一直在高山河谷中前進。左右兩側都是直入雲霄的 7000 多公尺的大雪山,隨便一座,都比歐洲、美洲、非洲、大洋洲、南極洲的最高峰還要高。每一座都有其獨特誘人之處,也都吸引著世界各地的登山者們前來挑戰。沿途風景壯闊峻美,但我們卻無意久留,因為在我們眼裡只有一個目標,那就是珠穆朗瑪峰。

通往聖母峰大本營的路標

向大本營前進 　　　　　　　　　　沿著高山河谷前行

兩側都是 7000 公尺以上的雪山，隨便一座都是世界級的高峰

　　當我遠遠地看到聖母峰大本營的那些像小黃點一般的帳篷營地時，我既興奮，又鎮定。2007 年的徒步之行，我只是瞭望了大本營，並沒有真正到達那裡。現在我開始進入我之前從未涉及的地帶了，一切都等待我去探索、發現、挑戰、嘗試、超越……讓我興奮不已。但同時，我又出奇的鎮定。

哈佛生的聖母峰日記
登上世界之巔，真正高人一等

向大本營運送物資完畢，正在下山的犛牛隊

　　我心裡非常清楚，過去半年的準備，過去十天的徒步，過去兩天攀登羅布切峰的訓練，都是為了來到這裡。而來到大本營僅僅是真正攀登聖母峰的起點。來到這裡，我們才僅僅有資格和機會去嘗試攀登聖母峰，雖然在大本營根本看不到聖母峰。

　　所謂的聖母峰大本營，其實就是大多數登山隊都選擇作為攀登聖母峰起點的一片碎石灘。這片石灘背靠 7161 公尺的普莫里峰（Pumori），前方挨著著名的昆布冰川的平緩部分，面向通往聖母峰的攀爬路線。各個登山隊就在這片石灘上「佔山為王」，搭建自己的營地。在未來的一個多月裡，這裡將是我們的「家」。這片石灘上真的是找不到一塊平整的地。我們的營地是被夏爾巴協作們勉強手工推平的，可以湊合著用。其他團隊的營地也是如此。

　　大本營分公共區域、私人區域和衛生間區域。公共區域是由 4 個黃色的大帳篷組成。每個帳篷都能容納 15~16 人。它們的作用分別是登山隊餐廳、夏爾巴人餐廳、廚房和儲藏室。登山隊餐廳帳對我們來說是最重要的地方了。它不僅是用餐的地方，同時也是開會、聊天、上網、閱讀、玩牌等其他娛樂活動的地方。除了睡覺的帳篷，這裡就是我們待的時間最多的地方了。夏爾巴人餐廳帳，顧名思義是夏

爾巴人們的主要用餐和活動場所。由於語言和飲食區別很大，也由於主客有別，無論哪個國家的登山隊和其夏爾巴團隊都是分開用餐的。一開始我還覺得這樣是不是有點歧視人家，但後來發現大家各吃各的，都更加放鬆。也是，夏爾巴人們還不見得願意和我們一起吃呢。餐廳帳裡面有瓦斯桶，可以生火做飯。各式廚具還都挺齊全。這些東西全是由背夫們一步一步背到大本營的（包括瓦斯桶）。一個四川年輕人和兩個夏爾巴伙夫扮演了主廚和助廚的角色。大本營的規矩是先照顧好登山隊員，然後再給夏爾巴人準備餐食。儲藏室帳篷裡面放著各種食物、裝備、氧氣瓶、備用柴油發電機，等等，同時也是部分夏爾巴人的臥室。我們幾乎從來不去儲藏室帳篷。

| 遠眺大本營 |  近觀大本營 |

　　私人區域是 12 個桔色的單體帳篷。我們隊的登山隊員一人一間。夏爾巴領隊、資深嚮導和女夏爾巴嚮導各一間。帳篷裡面鋪了一張 10 公分厚的床墊，在一定程度上緩解了地面的凹凸不平。帳篷最高處有 190 公分，我可以站直了穿衣、穿戴裝備，這點真是個大大的好處。每個帳篷之間相隔大概半公尺。帳篷之間的防風繩都拴在幾塊固定的大石頭上，所以看起來有點像一排帳篷手拉手。這樣的好處是可以「抱團取暖」，更加穩定，更加抗風，更方便互相照應。但同時距離近了也就意味著隱私少了。至少有兩位隊友的鼾聲經常響徹營地。他們能在 5300 公尺睡得如此之香，我們其他人都好羨慕啊！

　　還有一個重要區域，就是廁所。早些年在大本營，無論是登山者還是夏爾巴人都沒有那麼強的環保意識，覺得糞便都可以自然分解。所以，一般情況下，大部分

哈佛生的聖母峰日記
登上世界之巔，真正高人一等

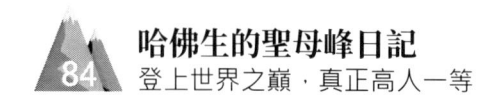

人就找個沒人的地方就方便了。因此，久而久之，聖母峰大本營也變成了一個大公廁，一不小心就會踩到「地雷」。如今的人們，對大本營，對大自然的保護意識要強得多。每個登山隊都自覺地搭建起了至少兩個藍色的廁所帳。我們隊搭建了四個。廁所帳的底部是一個1公尺深的塑料桶。每次裝滿糞便後，夏爾巴背夫們會把糞桶背下山，送到分解站處理或「入肥為安」。無論是登山者還是夏爾巴人都非常尊重背夫們的工作，也注重公共廁所的環境，如廁時都盡量小心，避免「脫靶」。

大本營的廁所

我們在大本營的私人區域，每人一個單體帳篷作為臥室

結語：經過10天的徒步，今天終於抵達珠穆朗瑪峰大本營，一個我從未涉足過的全新地帶。我們的大本營條件不錯，該有的都有了。

Day 13
讓人熱淚盈眶的普迦儀式
2018 年 4 月 17 日

今天是正式入住大本營的第一天。無論你來自哪個國家，來到聖母峰大本營的第一天都要參加當地的一個夏爾巴傳統儀式——普迦，也就是祈福儀式。珠穆朗瑪在藏語裡的實際意思是萬物之母。珠穆朗瑪峰在藏傳佛教裡面是一座神山。可想而知，在早期歐洲人嘗試攀登聖母峰時，當地人是持反對態度的。現在無論是在尼泊爾還是中國，各國的登山隊在準備登山前都要參加由當地人組織的祈福儀式。祈求大地的母親——神聖的珠穆朗瑪，允許我們靠近她、觸碰她、攀登她。不完成這個儀式，不得到珠穆朗瑪的允許，夏爾巴人是不會上山的。他們對登山者是否尊重珠穆朗瑪也非常在意。儘管沒有必須參加普迦的硬性要求，但這個儀式不僅僅是登山者希望獲得的一種心理上的安全感，更是出於對當地文化、習俗和信仰的尊重。登山不僅僅是一種極限運動，它更是一個人基本素養的體現。

早上 10 點，我們在一位喇嘛的帶領下，來到了大本營的祈福台。祈福台的下半部分是由石塊堆積成的一個「香爐」，上半部分是一根用來連接經幡的旗桿。旗桿周圍放了幾塊灰色的東西，形狀有點像刨冰。登山隊員和夏爾巴嚮導、協作、廚子、背夫等一行人全部都參加了。每一個攀登聖母峰活動的參與者都希望得到珠穆朗瑪的保佑。同時參加普迦的，還有我們的裝備。不僅人希望得到祝福，要上山的裝備一樣需要得到保佑。登山靴、冰鎬、冰爪、頭盔、安全鎖、上升器、下降器、背包等，我都扛了過來，生怕遺漏了一件裝備沒被保佑。萬一最後沒有登頂成功就是因

哈佛生的聖母峰日記
登上世界之巔,真正高人一等

為差了那件裝備,多遺憾啊!估計大伙都有同樣想法,所以我們的裝備也浩浩蕩蕩地在祈福台後面擺了一地。我們近 20 人面向祈福台,面向聖母峰山體(但還看不見峰頂),席地而坐。這時候儀式開始了。喇嘛開始一邊唸經,一邊往香爐裡面燒松枝。煙緩緩飄出,松香也隨之散發開來。我們聽不懂唸經的內容,所以就在誦經聲中默默地祈禱。

面對昆布冰川,普迦儀式即將開始

喜馬拉雅山區的太陽很大。祈福台處在毫無遮攔的一塊空地上。頂著烈日,我們一坐就是 1 個多小時,但是沒有一個人提前離場。這時,喇嘛停止了誦經,起身喊了個口號。夏爾巴人也起身了,然後從袋子裡面拿出了很多五彩經幡。原來現在要開始掛經幡了。我們也紛紛起身,幫著掛經幡。一串經幡大概 20 多個。以祈福台的旗桿為中心,朝著東南西北四個方向各掛一串。經幡五彩斑斕,聖母峰雪白神聖,這個場景煞是好看。而且在藏傳佛教裡,經幡每飄一下,就是經幡上的經文被誦了一遍。經幡在風中不停飄揚也就是一直在為我們祈福。白雪神山,五彩經幡;

飄揚四方,讓人神往。

在祈福台的東西南北四個方向掛上五彩經幡

　　掛完經幡,普迦儀式進入高潮。夏爾巴人紛紛從祈福台上像刨冰的東西上掐一塊下來,攥在手裡揉碎,然後往天上拋,接著一邊往嘴裡放一邊往身邊人的臉上和肩上抹,同時嘴裡還振振有詞。他們也手捧著一些東西走向我們。放在我們手裡一些,然後也在我們的臉上塗抹了一些。我一嘗,口感很粗糙,但甜絲絲的。一問,原來是青稞面和白糖混合成的一種食物,專門在重要節日和儀式上作為貢品。然後,把揉碎的部分塗在隊友臉上和肩上,這是一種祝福、一種吉祥的象徵。嘴裡念念有詞,就是在不停地祈禱。整個普迦儀式就是把這種食物獻給珠穆朗瑪。現在我們把它吃下去就是和珠穆朗瑪連接在一起了。我得知後立刻吃了幾大口。當天我們是第一次和大本營的夏爾巴協作隊伍見面,但他們非常虔誠地給我們送上了祝福。而且整個場面沒有嘻哈打笑,而是目光凝重、認認真真。他們的眼睛裡沒有虛假或者應付了事,而是充滿了真誠,真誠地希望即將登峰的勇士們能順利和平安。一個個夏爾巴協作輪流過來給我塗青稞粉,不知不覺我的眼睛濕潤起來。不一會,眼淚

哈佛生的聖母峰日記
登上世界之巔，真正高人一等

順著我的臉頰淌了下來。登聖母峰每年都有人不幸遇難。他們見得多了，也就更加清楚登聖母峰的風險。他們是真心希望我們平安啊！是啊！我們任何一個登山者都有可能成為那些不幸喪命的人。此時此刻哪裡是一個祈福儀式，分明就是將士們上戰場前的壯行會！

給萬物之母珠穆朗瑪獻上貢品──青稞粉 　　　　人人臉上都是象徵著吉祥和祝福的青稞粉

每人臉上都塗了青稞粉後，喇嘛又遞給我們一杯當地的青稞酒。滴酒不沾的我，此時端起酒杯，一飲而盡。然後，全體人員肩並肩地摟成一排，頗有點比賽開始前圍成一排互相鼓勁的架勢。這時大喇嘛唱起了民歌。其他夏爾巴人跟著一起唱，而且一邊唱一邊跳起舞來。我們不會唱歌，就跟著一起跳起舞來。原來普迦的正式環節已經結束，現在是歡樂時光。大喇嘛唱完了，其他的夏爾巴人接著領唱。唱歌、跳舞、飲酒，夏爾巴人在大本營這麼枯燥的環境下也能自娛自樂。不過我邊跳邊想，他們參與攀登聖母峰這麼危險的工作，可不是得能樂就樂嘛，說不定下次上山就再也下不來了。不想那麼多了，我也能樂就樂，一起跳舞吧！

儀式尾聲，大家一起唱起了山歌，跳起了夏爾巴舞

也許有人想問，夏爾巴人為什麼要登聖母峰？其實原因很簡單。他們登山的主要目的是為了提高經濟收入。聖母峰的登山季是每年的 3 月到 5 月。在其他時間裡，這些夏爾巴人基本上都以務農為生。而這三個月裡的收入是他們全年務農收入的 4~5 倍。所以，幾乎所有夏爾巴男子以及少部分女子，都會以不同形式參與到登山產業中來。比如說，陪我上山的夏爾巴嚮導名叫邊巴。別看他個子不高，黑黑瘦瘦，面帶稚氣，今年才 22 歲，但已經登頂 3 次。他來自當地的福爾切村。那個村有常住人口 300 人。其中有 73 名男子登頂聖母峰。也就是說村裡一半的男子都登頂過聖母峰。這個常住人口登頂比例恐怕是世界之最了。而福爾切村也只是眾多喜馬拉雅山區村莊中的一個。靠海吃海，靠山吃山。在這裡體現得淋漓盡致。當地的夏爾巴人也知道是珠穆朗瑪峰給他們帶來了提高收入的途徑，所以也更加地尊重和愛護聖母峰。

陪我上山的夏爾巴協作——邊巴，22 歲已經登頂聖母峰 3 次

　　結語：在大本營的第一天，我們參加了普迦儀式，祈求萬物之母珠穆朗瑪允許我們接近她、攀登她、觸碰她。儀式尾聲，我已經滿臉熱淚。登山生死未卜。普迦儀式好像壯行會。

　　Today, I was actually in tears for the first time in a very long time. Not out of sadness, not out of excitement, and definitely not out of fear...but out of being touched by sincerity.

Day 14
世界最高的診所和浴室
2018 年 4 月 18 日

今天是來到大本營的第二天。今天的主要任務就是休整，盡可能地適應海拔。如果對大本營這個海拔有高原反應，那麼今天就肯定能顯現出來了。有什麼其他不適的症狀，就盡量利用今天來積極恢復。對我來說，目前還沒有高原反應，但背痛依舊。已經好幾天了，我確實挺擔心的。雖然現在疼痛沒有加重，還堅持得住，但很難保證再往上攀升時不會加重。而且要真是登得越高背越痛，那我斷定我登頂的機會就很渺茫了。在 8000 多公尺時，就算是完全健康的人也舉步維艱，更別說有背痛的人。我不敢有任何怠慢，趁著今天是休整日，去了一趟著名的聖母峰急診室。

每天早上起來，我們的帳篷都已披上銀裝

聖母峰急診室是搭建在大本營的一個大帳篷。它是一個公益組織，不是盈利性醫院，也不是政府機構。這裡的醫生也都是來自世界各地的志願者醫生。他們並沒有工資。維持聖母峰急診室運營的費用基本來自在此看病的登山者們和一些贊助機構。我「有幸」體驗了一回這個世界最高診所的服務。急診室裡的設備基本上都來自美國，裡面看著很像一個小型的美式診所。急診室裡有三名醫生，兩名尼泊爾醫生和一名澳大利亞醫生。他們看上去年紀都和我相仿。其中一位尼泊爾醫生來給我診斷。我其實當時心裡還有點犯嘀咕，尼泊爾醫生的醫術能行嗎？但後來事實證明，我的疑慮是多餘的。他非常專業。經過他一系列的檢測、詢問和說明，我對他的診斷放下心來。他診斷我的背部並沒有傷筋動骨的大傷，而是背部肌肉拉傷，需要熱敷、按摩和休息。但病因呢？我以前從來沒有背痛過，而且一路上也沒有太負重，還每天都注意拉伸，怎麼就莫名其妙地痛起來了？他說這有可能是我在平原地區鍛鍊時拉傷過背部肌肉，但由於傷勢很輕，沒有察覺到，但到了高海拔地區，這個小傷就凸顯出來了。他這麼一說，我還真的回憶起了在健身房鍛鍊時確實有過一次小小的不適，但很快就過去了，一直也沒當回事。看樣子在這高海拔地區，什麼小毛病都會被放大，並可能造成大礙。看樣子登山也可以算是一次全面體檢吧，目前只有背痛，證明我沒有其他毛病。

聖母峰急診室內部　　　　　世界上海拔最高的診所裡，醫生都是志願者（右三是給我看病的醫生）

哈佛生的聖母峰日記
登上世界之巔，真正高人一等

　　給出診斷後，賬單也來了。10 分鐘，75 美元，可真夠貴的。不過我轉念一想，人家這是在 5300 公尺做志願者，這個收費已經非常合理了。我當時沒帶那麼多現金，人家倒也不急，說我回頭給他們就行。回到營地後，我們的登山教練包一飛給我按摩了一陣。他是一位知名的極地嚮導，也是登山高手，曾經帶隊去過南極、非洲最高峰、歐洲最高峰、南美最高峰等極酷的地方。這次雖然也是他第一次嘗試攀登聖母峰，但人家的登山和戶外經驗擺在那呢。在從事極地嚮導之前，包教練曾在師範大學任教，專業就是戶外登山運動。他是真正的登山行家。 運動護理也是他的專業內容之一。教授級別的人物親自給我按摩，我真是太幸運了！而且人家的按摩，和一般的按摩技師簡直是兩碼事，專業的就是專業的。包教練給我按了 20 分鐘後，我的背痛還真就緩解了許多，真神了！未來兩天，我都麻煩包教練接著給我理療。三次之後，背部就再也沒痛過了。在這裡，我要再次感謝包教練！

　　我們隊有兩位登山教練，一位是剛才介紹過的包一飛。另一位叫張寶龍。張寶龍教練今年正好 30 歲，曾在 2017 年首次登頂聖母峰，是中國目前唯一的高海拔登山嚮導。登山教練除了給我按摩，當然還有其他責任。他們的主要責任就是訓練我們的登山技術和保護我們的安全。登山技術訓練是訓練對繩索、冰鎬、冰爪、安全帶等一系列裝備的靈活使用。保護安全不止是在登山路上，更是包括在大本營和其他營地生活的方方面面，比如，如何應對高原反應，吃不好睡不著怎麼辦，與夏爾巴人有溝通問題怎麼辦等突發的以及意想不到的事情。我覺得他們不光是教練，同時也兼顧了大本營生活委員的責任。除了登山，還得照顧全隊的人，真挺辛苦的。

包教練（右一）和天巴領隊（中）陪我去大本營急診室（背景的白帳篷）看病

今天除了看病和理療，我還做了一件很必要、很有趣，但又很有風險的事。那就是洗澡。大本營的浴室是世界上海拔最高的能洗澡的地方了。那是一個藍色的帳篷，人可以直立在裡面。在帳篷內的頂部懸掛著一個黑色的袋子，有點像練拳擊的沙袋，不過比拳擊沙袋小了很多。洗澡前往袋子裡面灌上兩暖壺開水，就算準備就緒了。擰開袋子底部的小噴頭，水就如澆花一般流了出來。從噴頭到地面，一共不到150公分。那人就得在這樣的高度裡迅速地洗澡。室外溫度很低，熱水涼得很快，所以洗澡速度很重要。而且洗完後，也要迅速擦乾和穿好衣物，否則很容易感冒。整個脫衣服、洗澡、擦乾、穿衣服的過程不過6~7分鐘。但這6~7分鐘其實冒著很容易得感冒的風險，而一旦在這個海拔得了感冒，那可真有可能恢復不了，甚至可能要下撤治療後才能再次回到大本營嘗試繼續攀登。所以，很多登山者選擇了寧願忍著渾身汗臭，也不冒險去洗澡。我忍了好幾天了，今天還是冒著風險去洗了一個，實在受不了自己身上的味道了。很幸運，我最後沒感冒。多天沒洗澡，今天得以一去塵污，痛快！這是我人生中洗的海拔最高的澡。

世界上最高的浴室　　　　　　　　　　浴室內部

結語：今天是休整日，我去大本營急診室看了看我的背痛，沒有大礙。包教練給我理療按摩後，感覺好多了。今天還冒著感冒的風險洗了人生中海拔最高的一個澡。

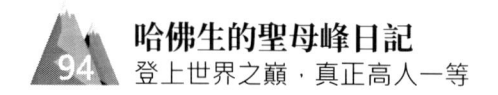

哈佛生的聖母峰日記
登上世界之巔，真正高人一等

Day 15
臨陣磨槍：「恐怖冰川」訓練日
2018 年 4 月 19 日

今天是非常重要的訓練日，訓練攀冰、用繩索、過梯子等攀登聖母峰必備的技能。這些基本功掌握不好，不止沒機會登頂，甚至會喪命。說基本功不夠就去登聖母峰是不負責任的玩命一點也不為過。在大本營的日子裡，有相當的時間是投入在基本功的訓練上。海拔、場地、人員這裡都有，在大本營就是最適合訓練的。而且，這段時間是衝頂前最後的訓練機會了。臨陣磨槍，不亮也光啊！必須刻苦認真地訓練。

冰壁攀登的訓練過程中

說聖母峰大本營是世界最高的訓練場那是名副其實。海拔 5300 公尺已經高於絕大多數人一輩子能達到的最高海拔，比我們經常聽到的米拉山口還高了 300 多公尺。來聖母峰前，我在四川的海拔 3500 多公尺的四姑娘山訓練過登山和攀冰技術。2018 年 1 月的四姑娘山晚上也是零下，冰壁是一塊凍上的瀑布。當時訓練時，我覺得爬上那塊 20 多公尺高的冰壁簡直是不可能的事情。整個攀登過程中，一直覺得力氣不夠使，喘不上氣來。最後真的爬上去後，已經是筋疲力盡、渾身大汗、癱倒在地。但現在的訓練比四姑娘山還高了 1800 公尺之多！真不知道我會有什麼樣的表現。

大本營就是一個天然訓練場

　　大本營的地理位置就在昆布冰川的最下游，也就是冰川的岸邊。而在聖母峰大本營訓練攀冰，還有什麼比在真正的昆布冰川上訓練更真實呢？！幾十公尺高的冰塔隨處可見，說這裡是個冰塔林一點也不為過。不僅我們隊，其他的登山隊也把這裡當成天然的訓練場。我們走出營地，跨入冰川，挑選好一兩個有模擬意義的冰塔就可以開始訓練了。不過，在冰川上走動還是有一定風險的。因為冰面下面有暗河。如果那塊冰面很薄，人踩在上面可能會從冰面上掉下去。在這麼高海拔的地方

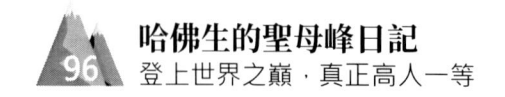

96 哈佛生的聖母峰日記
登上世界之巔，真正高人一等

掉進冰窟窿可是個要命的事。所以，訓練開始前，我們的夏爾巴嚮導們會事先去冰川探勘、探路、選址。等他們覺得安全了，再招呼我們過去。

說到這，我也必須說說我的教練們。之前介紹過來自中國的包一飛教練和張寶龍教練。現在我著重介紹一下我們的兩位夏爾巴教練——昂次仁和卡吉。昂次仁，48歲，170公分左右，登頂聖母峰的次數連他自己都記不清楚了。他是我們全體人員的總負責人，他在喜馬拉雅登山圈裡也是大名鼎鼎，德高望重。不光是我們隊，其他人也都尊稱他為昂大。「大」是尼泊爾語裡「大哥」的意思。我們是他帶的第一支中國隊伍。之前，他主要帶的是歐美登山隊。而且在非喜馬拉雅山脈登山季的時候，他時常被邀請到瑞士、挪威、阿拉斯加等地去帶隊登山。這些天在大本營，不少歐美領隊和協作人員見了他都親熱地打招呼、擁抱。尼泊爾的夏爾巴們更是幾乎沒有不認識昂大的。跟著昂大出門挺有面子的。似乎我已經「師從名門」了。但這樣的明星教練居然連一點架子都沒有。總是面帶微笑，問大家要不要嘗嘗他現磨的咖啡。他一路上也確實挺照顧我這個登山新手的，包括我背痛不止時給我按摩、上藥等。在後來衝頂聖母峰成功後，下撤時，昂大和我還有一段永遠難忘的經歷。

我們的另一位教練卡吉，也是來頭不小。他今年42歲，身高也是170公分，參加過12次攀登聖母峰的活動，成功登頂聖母峰8次。而且，卡吉那長長的絡腮鬍絕對讓人過目不忘。卡吉是昂戴的副手，主要任務是負責夏爾巴們在登山過程中的一切。在非登山季的時候，卡吉是一位越野自行車騎手和教練。他給我留下的印象裡最深刻的有兩點：一是體力超群，二是友善好學。無論是在徒步過程中還是在訓練過程中，卡吉背的裝備永遠是最重的，但他依舊健步如飛，而且似乎永無疲態。同時，他非常友善，對我這樣的登山新手非常有耐心，不厭其煩地為我解釋各類問題。一路上沒少麻煩他。而且卡吉好學也是出了名的。由於家境貧寒，卡吉從來沒有上過學。他不識字，只會聽和說。卡吉和我交流用的是英語，而他的英語都是平時與歐美登山者們登山時「混」出來的，沒有去學校學過一天。就這樣，卡吉的英語口語比不少留學回來的人還要好。而且，他們家兄弟姐妹一共四個，但只有他贍養老母親，讓人非常佩服。卡吉還不止一次告訴我，他們家的祖先是從西藏來到尼

泊爾的，他是第六代，他們家的根在西藏。試問，現在的我們有幾個知道自己六代以上的祖先來自哪裡？永記祖先，不忘根源，再次讓我心生崇敬。

今天又是個艷陽天，天時地利人和，再適合訓練不過了。我們全隊人來到冰川上，穿戴好冰爪、頭盔和安全帽。在冰上行走到教練們選好的冰塔前。那是一座有兩個30多公尺高的冰塔的聯體小冰山。它的形狀不僅很適合練習攀登，而且適合練習下降。冰壁很陡，難度不小。不過有了之前在四姑娘山的攀冰經驗，我這回放鬆多了，也沉著多了。不能說輕而易舉，但向上攀登確實感覺比之前容易了許多。但卻又再次證實下山是我的巨大弱點。隊友們都牽著繩子，一步一步地踩在冰壁上，順著路線下山。看起來都挺輕鬆的。當輪到我的時候，我朝下一看，向上攀登時還不覺得高的冰壁怎麼突然變成懸崖峭壁了？頓時有點腳軟。然後向下撤的時候，我總是覺得自己會摔下去，動作奇慢無比。別人都是上山慢、下山快。而我恰恰相反。也算是成了當天訓練的一景。練習了好幾次，都是如此。最後，教練給我的總結是上山勇往攀登，下山經驗不足。上山時只專注登峰，經驗不足被我的興奮和登頂決心所掩蓋；而下山時面對懸崖，恐懼感讓我的經驗不足暴露無遺。登山沒有速成的，只能靠一次次的嘗試和練習來積累經驗。登的次數多了就習慣了，下山也就不害怕了。訓練結束後，我心裡是有些忐忑的。因為我對登頂聖母峰的信心程度大大高於安全下撤。我知道到時候無論衝頂成功與否，下撤都會是個不小的問題。這是真實的隱患。曾經有隊友問過，怎麼知道隊員在體能、技術、心理等各方面都達到攀登聖母峰的條件？仁者見仁，智者見智。每個人可能都有自己的答案。但我的答案是你永遠都不可能知道是否完全準備好了，直到你成功登頂並安全下撤的那天。衝頂之前所做的一切準備，無論是體能、技術，還是心理，都是盡量使自己接近自己的巔峰狀態。然後，祈禱自己的巔峰狀態足夠衝頂聖母峰。但是到底夠不夠，只有嘗試了才知道。不過，可以肯定的是，如果不把自己的各方面調整到最佳狀態，那不僅是肯定無法登頂聖母峰，而且還有可能命喪雪山。

訓練結束後，回到營地，我發了幾張「解密」大本營如何洗澡的照片，和關注我的朋友們一起樂一樂。登山期間的晚上是挺孤獨、挺無聊的，只有早早入睡。這

哈佛生的聖母峰日記
登上世界之巔，真正高人一等

種自娛自樂也是我放鬆心情的一種方式。耐得住寂寞、挺得過孤獨，也是一種修行。不只在登山路上，在創業路上、在人生路上，何嘗不是孤獨的、寂寞的？只有強大自己的內心，克服這些困難後，才能遇難不驚，最後脫穎而出。

馬步洗頭　　　　　　　　　　　坐在石頭上洗身體

結語：今天是訓練日。我們在昆布冰川的小冰山上訓練攀冰和下撤。我向上攀登還不錯，但再次證實下撤是我的弱項，也是未來的隱患。

Day 16
訓練、工作兩不誤，
世界最高的金融 IT 系統測試
2018 年 4 月 20 日

　　今天幹了兩件我個人覺得比較厲害的事情。一件是攀冰訓練結束時，我成功地攀登了一段斷崖式的冰壁，其他隊友都沒成功；另一件是在大本營通過妥妥遞科技自主研發的錄音錄影系統，遠程參加了位於成都總部的生日會。

　　繼昨天的攀冰訓練後，今天我們找了一座難度更高的小冰山進行訓練。冰山的難度主要由高度、坡度和冰山形態決定。高度，很容易理解，越高的冰壁越難攀登。坡度，實際上就是陡峭程度，越陡峭，自然難度越大。冰山形態稍微難理解一點，其實就是攀登時冰壁的形狀，一塊奇怪形狀的冰壁肯定比平整光滑的冰壁要困難。所以，越高越陡越不規則的冰壁攀登難度越高。今天我們訓練的小冰山就有一面這樣的冰壁。高度還行，但比昨天的陡峭，而且加了一小段懸崖。有了昨天的基礎，今天再上冰時，大家都顯得沉著了許多。我的弱項依舊是下山。向上攀登時，主要注意四肢的協調性和合理發力，同時要保持冷靜和良好的呼吸節奏。這幾點，我覺得我做得還是比較好的。甚至在訓練尾聲，大家來到一段 3~4 公尺高的斷崖面前嘗試攀登，但紛紛鎩羽而歸，而我卻在第二次嘗試時就一鼓作氣登頂了。主要還得歸功於我的力量好和體能好，上山前在平原地區的訓練有效果。不過，下山就是另外一回事了。雖然有繩索輔助，但我還是很心虛。看著上升比我慢的隊友們，一個個反超，還比我更早下到安全地帶，我心裡真是著急啊。但心急吃不了熱豆腐，下山的心理素養和技能不可能一蹴而就，需要積累經驗。所以，我現在唯一能做的

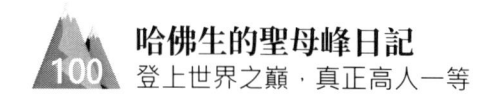

哈佛生的聖母峰日記
登上世界之巔,真正高人一等

就是耐心地訓練,盡可能地提高。

遠看冰山

第一次嘗試攀登這座難度頗高的冰山,失敗了 　　第二次嘗試,成功登上了難度頗高的小冰山

中午回到營地休息了一段時間後,迎來了我期待已久的一個時刻。我聯合創始的金融科技公司妥妥遞自主研發的影片錄音錄影系統今天將正式亮相。而且,今天是公司每月一次的員工生日會。這次的生日會,我們邀請了來自大客戶國泰君安證券公司和合作夥伴中國證券登記結算公司的幾位高層來現場參加,可謂是高朋滿

座。在生日會上，除了給當月的壽星員工們點蠟燭、唱生日歌、切蛋糕、過生日，也是一個與全體員工溝通的難得的機會。創始團隊講了業務進展和策略方向；人力資源給大家頒發了月度優秀員工獎和創新員工獎；新員工們自我介紹；大伙也藉此機會向創始團隊提問。每月一次的生日會，其實也是每月一次的策略會、表彰會、介紹會、圓桌會，一會多功能。妥妥遞科技雖然歷史不長，成立了僅兩年多，但每月一次的生日會卻已成為傳統，也是員工們每個月都盼望的活動。從第一次生日會到今天，我一次都沒有錯過，這次也不例外。雖然我人在萬里之外的喜馬拉雅山，但我通過科技手段同步參加了遠在成都的生日會。而且，這套科技系統完全是由我們成都團隊設計、開發和投入使用的。

下午3點，我們準時連線。在大客戶與策略合作夥伴們的見證下，妥妥遞影片錄音錄影系統正式上線。一螢幕雙畫面，畫質非常清晰。雙方對話音質效果比我想像的好，聽得非常清楚。全場對系統的成功報以了熱烈的掌聲。在5300公尺的尼泊爾聖母峰大本營時有時無的Wi-Fi環境下，都能有這樣的效果，還用得著擔心地處平原的大城市的使用效果嗎？雖然不知道有沒有人統計過，但我估計這應該是全世界的金融科技領域裡進行的最高的一次產品測試和上線！同時，這也是妥妥遞公司舉辦過的最具紀念意義的生日會。壽星們得到了他們平生「最高」的祝福。創新的生日會、創新的產品、創新的測試和上線、創新的推廣，同時也是創新的品牌形象塑造。創新是妥妥遞文化的重要組成部分。用實力和實例說話，比任何廣告都更讓人信服。

寫到這裡，我想感謝一下我的創業夥伴和團隊。2016年7月22日，我正式離開了我熱愛的聯想集團，開始了既讓人興奮，又充滿未知的創業生涯。近年的創業路上發生了很多很多事，都可以單獨再寫一本書了。但有一點與此書非常相關，我必須清晰地描述下來，那就是創業與登山的相同之處。登山前，需要縝密的計劃、嚴格的準備、準確的判斷；登山時，需要協作的團隊、靈活的應變、堅決的執行、勇敢的心理；最後下山時，需要冷靜的頭腦、穩定的心態、安全的下撤。創業前、創業時經過千辛萬苦直到企業終於有所建樹的過程，和登山的過程幾乎是一模一

哈佛生的聖母峰日記
登上世界之巔，真正高人一等

樣。它們之間還有一個巨大的共同點，那就是登山者和創業者都需要有一顆無比強大和勇敢的心！創業路如登山路。能不能過關斬將、迎難而上、穿雲透霧、看到只有在頂峰才能欣賞到的極致美景，而且最後能全身而退，那就要看創業者的造化了。

垂直的冰壁

俗話說得好「一個好漢兩個幫」。我也正好有兩位創業夥伴。李中，我哈佛時期的同學兼室友。我們求學期間住在一起，度過了兩年難忘的求學時光。畢業後，他加入了中國證監會，在其私募部工作了 7 年，其中後三年是代表中國在位於西班牙馬德里的國際證監會工作。他也是中國駐國際證監會的第一個代表。姚耀，我 2010 年回國後即認識的好朋友，史丹佛大學生物醫學工程系畢業的他放棄了美國百仕通集團的高薪工作，毅然回國創業。幾年前，他的公司被 Facebook 收購。他個人也成功退出，早早地實現了財富自由。沒有他們的全情投入，就不可能有妥妥遞的今天。感謝甚至感激之情不言而喻！特別值得一提的是，李中和姚耀都已娶妻生子，但他們為了創業，與家人聚少離多。在此，也必須感謝我們的家人對我們事業的支持和巨大的付出！最後要感謝的是我們的團隊：他們大多是一群年輕人；他們是有衝勁、能吃苦、肯學習的夥伴；他們是活潑調皮、興趣廣泛、愛玩好吃的都市潮男

潮女。發展到今天，這樣一支 70 餘人的團隊才是公司最大的財富。任何公司，無論大小，成功與否，其實說到底都是看人。人興、人齊才能成事。在此，我非常感謝為妥妥遞付出青春的夥伴們！其實要感謝的人還很多，但確實不能把這章寫成了感謝信。

　　結語：在今天的攀冰訓練中，我成功登上了一座有懸崖的小冰山，但下山依舊是我的弱項。下午，我通過妥妥遞自主研發的影片錄音錄影系統，在聖母峰大本營遠程參加了成都的公司員工生日會。同時，也宣佈產品正式上線。

哈佛生的聖母峰日記
登上世界之巔，真正高人一等

Day 17~18
雪線之上的世界「名人堂」
2018 年 4 月 21 日——22 日

　　今明兩天是我們在大本營的休息日。我也趁著這難得的喘息機會休整了一天，洗了上山以來的第二個澡。但第二天，我自己給自己加了訓練量，練習冰上行走，盡可能地彌補我雪山經驗不足的缺點。這兩天的其他時間也正好是閱讀和記錄的好機會。

隊友們把各種各樣的東西拿出來晒太陽

我把全套（除氧氣裝備外） 這段日子沒有手機訊號，
登山裝備也拿出來晒晒太陽 就靠這根天線和大家保持聯繫了

我們常說「民以食為天」。我就先來談談大本營的伙食吧。吃確實是攀登聖母峰的極其重要的環節之一。但這裡說的吃，並不是指味道有多香，口感有多棒，而是營養的搭配和攝取。在 5300 公尺的高海拔地區，缺氧造成人體心跳加快、造血能力下降、食慾減弱、消化不良、失眠頻繁、腦細胞變少……人體機能會隨著身體的不斷消耗而逐漸衰退，最終死亡。所以，吃在這裡是生命存續的關鍵，口味如何完全是次要的。也就是說，再難吃的東西，只要營養搭配得當、易消化，那麼就算是當藥也得吃下去。

我們的營地裡，有一個作為廚房的專用大帳篷。這個大帳篷裡面，鍋碗瓢盆樣樣齊全。還有從山下背上來的瓦斯桶、蔬菜、肉類、罐頭、佐料，等等。總體來說開個小食堂是夠用的。我們的廚師是一位來自四川的二十多歲的年輕人，姓楊名鑫。年紀輕輕的楊大廚來尼泊爾之前在俏江南工作，廚藝了得。而且在來聖母峰大本營之前，他曾經在瑪納斯魯峰的大本營掌過勺，有高海拔做飯經驗。但在這 5300

106 哈佛生的聖母峰日記
登上世界之巔，真正高人一等

公尺的海拔掌勺，他應該算是世界最高餐廳的廚師之一了。廚房裡還有兩位廚房助理。這兩位都是夏爾巴人。他們的主要任務是餐前幫助楊大廚洗菜、備菜，餐後幫著收拾碗筷和清潔廚具。一個伙房，三個二十多歲的小兄弟，他們擔負著保證全體登山隊員和夏爾巴嚮導們攝入充分營養的重任。具體吃什麼，當然是楊大廚說了算。來自四川的他，川菜自然是他的拿手好戲。不過他的手藝遠遠不止川菜。而且，根據每天的訓練強度和身體狀況，楊大廚會靈活調整食譜。在這 5300 公尺的高海拔，沒有高原反應就算不錯的了，他們還要每天琢磨著怎麼給我們做飯，不僅要營養夠，還要盡量口味好，實在不是個容易的活。在此，特別感謝楊鑫大廚和兩位夏爾巴助廚！沒有你們的精心照顧，我說不定就登不上聖母峰了！

我們營地的四個公共大帳篷：餐廳、廚房、辦公室、倉庫

大本營的餐食分早、中、晚三餐。早餐一般是 8 點半到 9 點開飯，有中式的稀飯、水煮蛋、泡菜；也有西式的麵包片、煎蛋、麥片。午餐是 12 點半開飯，內容相對簡單。有時是泡麵、炒飯、大鍋湯；有時是炒菜、土豆絲、白米飯。晚餐是一天中最重要的一頓，晚上 6 點半開飯。楊大廚盡量把這頓飯做得豐富些、可口些。晚

飯吃得好、吃得飽,才能睡得香,第二天才有力氣。中式炒菜、尼式豆飯、韓式泡麵、西式沙拉和奶酪⋯⋯為了我們能保持良好的身體狀況,楊大廚他們可謂是**費盡了心思**。不過就算是這樣,我們的食慾還是遠不如在平原地區時。儘管我們已經很努力地盡量多吃,我們的身體依然在慢慢地削弱。最明顯的跡象就是體重下降。這十幾天來,大部分人都瘦了。有的人甚至已經能看出來瘦了。而距離衝頂階段的出發日,還有二十多天。真難以想像我們那個時候的身體狀況,但可以肯定的是,那時候會遠遠不如巔峰狀態。

這麼多天來,我在大本營最難忘的一頓飯是第一頓晚餐。那是楊大廚為我們精心準備的一頓中餐,有回鍋肉、燉羊肉,還有大米粥。不知是不是因為這十幾天來,第一次吃到中餐,還是因為那天特別餓,或者是因為高原反應還沒上來,總之那頓飯我吃得特別香。後面的日子裡總是感覺飯菜遜色一些。而且,我自己帶來的豆豉鯪魚也是第一次吃味道特別好,但後來再吃的時候就索然無味了。現在我回想起來,我覺得這就是高海拔所造成的食慾減弱。剛剛到大本營時,高原反應的作用還沒上來,所以吃東西還有味道,也還有胃口。但多待幾天就不行了,吃什麼都沒味道。

這些天的伙食都來自這裡　　　餐廳大帳裡面的標準飲料

說實話,我們營地的廚房在整個聖母峰大本營是小有名氣。不少其他隊的夏爾巴嚮導和歐美嚮導都來我們這裡吃過飯。其中不乏國際登山圈的大牌人物,例如:商業登山鼻祖,來自紐西蘭的羅塞爾・布萊斯;世界登山狂人,來自美國的康拉德・

哈佛生的聖母峰日記
登上世界之巔,真正高人一等

安可爾;登頂聖母峰次數最多的世界記錄保持者(23次),來自尼泊爾的卡米夏爾巴;等等。還有來自多個國家的記者,以及聖母峰救援隊的總指揮、聖母峰修路隊的負責人、尼泊爾登山協會的領導等多位「聖母峰要客」。既然來到我們的帳篷裡,自然就得用美食換點他們的知識了。雖然這些人都是登山圈裡江湖地位極高的人,但他們確實都很隨和,是我們的好老師。從他們身上,我不僅學到了不少關於聖母峰的知識和歷史,同時也聽到了很多其他奇妙之旅的故事。所以,有個好的廚師,除了吃飽吃好之外,其他好處也多多啊。

在休息日,吃飽喝足後,怎麼充分利用空閒時間是門學問。鍛鍊身體?在高海拔是不可行的。上網閱讀?總不能盯著手機看一整天吧。通訊軟體聊天?就算你想聊,對方也不見得能一直陪著你啊。在電腦上工作?一會就沒電了。回帳篷睡大覺?白天睡了,晚上就失眠。總之,有點難熬啊!最後,我發現兩招特別管用。一個是閱讀,另一個是打撲克牌。在這「枯燥」的大本營生活裡,撲克牌能讓時間過得很快,是一個很受歡迎的娛樂項目。不少上山前根本不會打的人,下山時已經成了初級高手。儘管打撲克牌我也參與,但我更傾向於用閱讀來消磨空閒時間。如果說吃飯是身體的食物,那麼閱讀就是精神食物了。平時在平原地區時,我就喜歡閱讀,而且還常常苦於找不出時間來閱讀,只有坐飛機時才能靜下心來。現在在大本營的日子真是難得的閱讀機會。不過在大本營閱讀也有個困難,那就是缺氧造成人的反應變慢。那種感覺就是本來讀一頁書只需要5分鐘,但現在可能要10分鐘。缺氧不僅造成行動緩慢,連閱讀速度都慢下來了。而且讀著讀著就容易睡著。我之前很少有這種狀況。不過儘管如此,我還是在山上讀了兩本書,尤其是《聖母峰1953》。這本書詳細記載和描述了1953年人類第一次登頂聖母峰壯舉的前前後後。它不僅是一本登山類書籍,還是一本近代史類書籍,更是一本近代政治分析類書籍。珠穆朗瑪峰,一座山峰,當時竟然成了近代多個強國競相爭奪的標的。第一次登頂聖母峰不僅僅是一項運動、一個壯舉,更是多個國家、幾代人、幾十年的不懈努力和永垂人類史冊的輝煌時刻。1953年首次登頂背後的博弈、努力、創新、勇敢、堅毅、犧牲和跨時代的意義,那真的是不讀不知道,一讀嚇一跳。在聖母峰

腳下，閱讀關於聖母峰的歷史，更加讓我對聖母峰肅然起敬，對攀登過聖母峰的前輩們的敬佩之情更是油然而生。在兩週後，我就要踏上他們 65 年前的征程了。想到這裡，我覺得既神聖，又興奮。

難得的休息日，終於有時間繼續閱讀。

第二天自己走冰訓練時擺拍一張

試試冰牢是什麼感覺

　　結語：難得的休息日，終於有時間繼續閱讀。越讀越佩服當年的登山勇士們，越讀越覺得今天的生活來之不易，越讀越發自內心地感恩。

Day 19
行走在「恐怖冰川」之間，與死神近距離接觸
2018 年 4 月 23 日

　　在休整了兩天後，今天我們將進行攀登聖母峰衝頂階段的第一次訓練。攀登聖母峰衝頂階段分四個階段，每個階段有一個營地。一號營地海拔 5900 公尺，二號營地海拔 6500 公尺，三號營地海拔 7300 公尺，四號營地海拔 8000 公尺。從四號營地出發，就是最後的衝頂了。每一段都有其特點和難處。今天我們將嘗試訓練的是第一階段，而且目標還不是一口氣到達一號營地，而僅僅是攀登其一半的路程。為何如此「溫柔」呢？其主要原因就是從大本營到一號營地的攀登路線要通過著名的昆布冰川，又名「恐怖冰川」。

「伶牙俐齒」的冰裂縫

　　昆布冰川和洛子壁是聖母峰南坡攀登的兩大天險。昆布冰川其實是一條長 17000 公尺的冰川河流，發源於洛子壁約 7600 公尺處。離開洛子壁，昆布冰川在距離西部冰斗大約 3200 公里處，迅速下降，形成大約 4000 公尺長的昆布冰瀑。在聖母峰大本營附近，冰川向南轉彎，並繼續延伸 9600 公里至海拔 4900 公尺處。冰川的寬度從 800 公尺到 500 公尺不等。和所有的冰川一樣，昆布冰川的中心每天會發生將近 1 公尺的位移，但由於與岩壁的摩擦，冰川邊緣幾乎不動。冰川的頂部比底部移

動得更快。正是這種局部移動快慢速度不同加上地勢急劇下降，形成了冰裂縫，一些冰裂縫超過 45 公尺深還有一些冰層超過 9 公尺高。昆布冰川之所以難以通過，是因為經常發生雪崩、冰崩、滑入冰裂縫、連接冰裂縫的搭橋斷裂等，這些隨時都可能奪走登山者的生命。危機四伏的昆布冰川已經奪走了眾多攀登者的生命。在 1953 年至 2016 年期間，昆布冰川的死亡總人數為 44 人，佔 176 人總死亡人數的 25%。

據說 1920 年代初，英國探險家、登山家喬治·馬洛里在尋找攀登珠穆朗瑪峰的路線時，看到昆布冰川，他認為冰川陡峭不堪……而北坡簡單多了……於是他把精力轉移到了西藏。而直到 1950 年，查理·休斯頓和比爾·蒂爾曼率領的另一支英國偵察隊，勘察從南坡攀登的路線時，才認為通過昆布冰川是有可能的。1951 年，另一個由艾瑞克·希普頓帶領的英國隊試圖穿過冰川，但由於裂縫太大，在頂部附近被攔住了。早期的探險隊為了通過冰裂縫，在梯子用完後，使用圓木通過這些裂縫。1952 年，瑞士的一支隊伍在萊蒙德·蘭伯特的帶領下，克服障礙第一次通過了昆布冰川。他們沿著今天的東南山脊路線一直到達了 8500 公尺處，但最終未能登頂。第二年，也就是 1953 年，由約翰·亨特率領的英國探險隊用同樣的路線完成了人類歷史上第一次登頂聖母峰的壯舉。

來尼泊爾之前，我早就在電影裡、書籍裡「認識過」昆布冰川。即將真正開始踏上它、攀登它，心裡還是有點緊張和興奮。凌晨 4 點，外面一片漆黑，我們全隊人員都已經整裝待發了。我沖了一碗奶粉，吃了兩個煮雞蛋，繞著祈福台三圈默默祈禱後，正式出發。夏爾巴嚮導帶頭，我們魚貫而行。一串頭燈在黑夜裡格外醒目。走了大約半小時，大家換上冰爪，正式開始進入昆布冰川。一片漆黑當中，拿頭燈向周圍一掃，才發現自己已經處於冰川深處。周圍全是幾公尺甚至十幾公尺高的冰塔。我們就是在冰塔之間的谷底部位攀爬。越走路越陡。一開始可以正常行走，逐漸就要開始手腳並用，然後就要運用繩索了。再往上攀登就用上了冰梯子。沒有這些梯子，我們不可能爬得上十幾公尺高的冰壁。而在 5500 多公尺的高海拔，背著裝備在冰壁上的梯子上攀爬，也絕不是個簡單事。不僅累、呼吸急促、缺氧，而且恐懼感極強，生怕一不留神滑下去。用一段繩索，徒手攀登一段，再爬一截梯

哈佛生的聖母峰日記
登上世界之巔，真正高人一等

子。如此攀登了大約 4 小時後，我們到達了昆布冰川的中間部位，也是今天訓練的目的地。我感覺良好，狀態不錯，有股意猶未盡的意思，還想往上攀登。但嚮導卡吉友好又權威地阻止了我。今天訓練目的達到了，下山。站在這裡回頭遠眺已經被陽光覆蓋的大本營，好一番景色！

凌晨 4 點，整裝待發

在冰川的谷底攀爬

魚貫而行

雜亂無章的冰裂縫

與地面幾乎成 90 度的冰壁　　　　　　　回看「波濤洶湧」的昆布冰川

　　寫到這，我不得不再介紹一下我們的登山嚮導隊長——卡吉夏爾巴。卡吉給任何人的第一印象都非常深刻。因為他長長的絡腮鬍實在太讓人難忘了。特別是在我眼裡，體格健壯的他，皮膚黝黑，再加上絡腮鬍，活生生的一個關二爺啊！不過形象彪悍的卡吉可是個細膩耐心的人。儘管他不會說中文，但一路上他對我們所有隊員照顧入微。而且卡吉還是個特別尊重祖先的人。8次登頂聖母峰的他，多次跟我很驕傲地說起，他的家族是六代前從西藏來到尼泊爾的。他們家族的根在西藏。他說到這裡，我對他肅然起敬，甚至有羨慕之情，而且不禁暗暗慚愧。雖然卡吉不識字，但人家依舊知道尊敬祖先。而我這個喝過洋墨水的知識分子卻不知道我的祖宗六代以上是幹嘛的。

夏爾巴嚮導隊長——卡吉夏爾巴，
好像「尼泊爾關雲長」

　　結語：今天我們正式開始攀登聖母峰衝頂階段的訓練。第一步是適應昆布冰川，著名的聖母峰兩大天險之一。

Day 20
不是一個人在挑戰
2018 年 4 月 24 日

在經歷了昨天的昆布冰川訓練後，今天是一個休整日。因為在未來的五天裡，我們將進行一次封閉性的訓練，從大本營一直攀登到 7300 公尺的三號營地。這次訓練也是在衝頂聖母峰前的最後一次大規模訓練。打個比方，這次訓練好像軍事演習裡的實彈演習。所以，全體人員都非常重視。這個休整日也自然很重要。我們要反覆檢查所有裝備，盡可能地調整身體狀況，並與親友們遠程道別，畢竟未來五天會處於失聯狀態。一旦離開大本營，再往上走，就沒有網路，也沒得充電了。

對我個人來說，我的身體狀況喜憂摻半。有好消息，也有擔心。好消息就是我的背痛在減弱。之前的按摩理療確實起了作用，同時通過這幾天的休整和訓練，我也逐漸適應了這個海拔。不言而喻，背部不痛對我的衝頂來說減少了極大的阻礙。但可惡的是，我的咳嗽越來越厲害了。嚴重到我吸一口氣都要以咳嗽來呼出。剛到大本營時，我時不時咳幾聲，也不覺得有什麼事。但這幾天，我的咳嗽越來越嚴重，越來越劇烈。有幾次咳嗽都有點要把肋骨咳斷的感覺。晚上躺在睡袋裡咳嗽時，整個人的身體都被咳得彈了起來。而且這個咳嗽是乾咳，並沒有痰。不過嚴重乾咳的並不止我一個人，幾乎所有隊友都是。中國人、夏爾巴人、歐美人都在咳嗽。咳嗽聲在整個大本營可謂是此起彼伏。這就是出了名的「昆布咳」。昆布咳顧名思義是昆布冰川附近特有的身體反應。在 5300 公尺的高海拔，空氣不僅稀薄，而且乾燥、寒冷。每次呼吸其實都是寒冷空氣對喉嚨和肺部的一次刺激。反應快的人可能還沒到大本營就已經咳上了。反應慢的人堅持幾天後也開始咳嗽。幾乎很少有不

咳嗽的人。輕者喉嚨痛、上不來氣，重者則有可能病變為肺水腫，有生命危險。昆布咳幾乎成了聖母峰攀登的標準症狀，所以大本營也準備了多種止咳藥、潤喉糖。為了盡量減輕症狀，我吃了一堆止咳藥、糖漿、喉寶。能有所好轉當然好，但至少不要惡化吧。

那麼為何從大本營訓練到三號營地需要五天之久呢？簡單來說，就是因為太高了。第一天，從海拔 5300 公尺的大本營出發，攀爬昆布冰川整體，抵達海拔 5900 公尺的一號營地，並在那裡過夜。第二天，穿越西部冰斗，抵達海拔 6500 公尺的二號營地。在二號營地，我們要過兩夜。第三天，全天在二號營地休整，適應 6500 公尺的高海拔（起初我還不理解為什麼又要休整一天，但後來我才明白那一天真的是非常必要）。第四天，攀登聖母峰兩大天險之一的洛子壁，抵達海拔 7300 公尺的三號營地並過夜。我聽說相當一部分初次攀登聖母峰的登山者還沒到三號營地就下撤了，由此足以見得洛子壁的難度。第五天，從三號營地一直下撤回到大本營。我之前人生到達過的最高海拔就是 6200 公尺的島峰。這次訓練一下子要把我的最高記錄提高了 1100 多公尺，真是有點緊張，也很期待，完全不知道在那樣的高度會發生什麼。身體會有什麼反應？咳嗽會不會更嚴重？也說不定所有毛病都一下子消失了？只有去了才知道。

結語：今天是休整日。明天就要開始為期五天的「實戰演習」訓練了。趁這個機會，我要認真地感謝此次挑戰聖母峰的每一位合作夥伴！

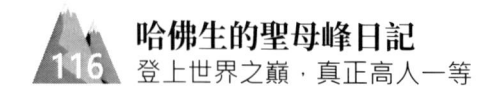

哈佛生的聖母峰日記
登上世界之巔,真正高人一等

Day 21
雪崩!原計劃擱淺
2018 年 4 月 25 日

　　今天凌晨 3 點半,我們再次出發前往昆布冰川。這次不是半程訓練了,目標是要全程通過昆布冰川,並抵達一號營地。吃過簡單的早餐後,我們出發了。外面一片漆黑,飄著雪,給人一種莫名的恐懼感。圍繞祈福台三周後,我們邁入冰川。抬頭一看,冰川上有點點亮光。原來有隊伍比我們出發得更早,已經在攀登了。也好,就當有人幫我們先探探路。昆布冰川是一個活冰川,每天都在以不同速度移動著。昨天探好的路,今天不見得還存在。而且每天都有數次雪崩。一開始我聽到轟隆隆的雪崩聲還挺害怕,但過了幾天就習以為常了。不過如果在攀登路上遇到雪崩,那可就麻煩大了。雪崩是登山者的最大天敵,也是頭號殺手。一旦遭遇雪崩,生還的可能性微乎其微。聖母峰歷史上最慘重的一次山難就是因為一場突發的雪崩。2014 年 4 月 18 日清晨,16 名夏爾巴修路隊員正在攀登昆布冰川。他們的目的地就是一號營地。在毫無徵兆的情況下,一場雪崩突如其來,瞬間把他們全部吞沒了。經過了二十幾個小時的搶救和搜索,最終無一人幸免。也因為這次特大山難,夏爾巴人們失去了攀登聖母峰的熱情。2014 年的登山季因此取消。直到 2016 年,聖母峰攀登才回歸尼泊爾。由此可以看出雪崩的危險性和破壞力。

　　我們一行人攀登了才一小時左右,就開始遇到正在下山的人。一開始我還沒覺得什麼,但後來遇到越來越多的下山人,才覺得有點反常。一般這個時間點應該都是上山的人。就算是凌晨下山,也不應該有這麼多人。我的夏爾巴嚮導也覺得挺蹊蹺。終於他和一個正在下山的夏爾巴人交流了起來。一問才得知原來是山上雪崩

了。而且這次雪崩不偏不倚正好把事先連好繩索上山路線給淹沒了。也就是說雪崩把登山路線給破壞了。在這種情況下，可以嘗試翻越雪崩區域，也可以回到大本營等待修路隊來重新連繩索。但嘗試翻越剛剛雪崩過的區域風險巨大，不僅路更不好走，而且隨時有可能二次雪崩。所以，絕大部分走在我們前面的隊伍都決定下撤到大本營等待。我們全隊人商量片刻後，一致同意安全第一，決定下撤回大本營，今天就此放棄攀登昆布冰川的計劃。兩次上昆布冰川都沒整體通過，看來這個天險還真是名副其實。登山不是遊戲，攀登聖母峰更是挑戰極限，危險無處不在，危險近在咫尺。

清晨5點半左右，我們安全回到大本營。隊友們都各自回帳篷接著睡覺了。我當時已經很清醒了，毫無睡意。回頭一看，昆布冰川和巍峨的聖母峰西肩與努子峰被濃濃的雲霧籠罩著，而且還時不時傳來隆隆的雪崩聲，但卻一點也看不見，挺嚇人的。今天下撤絕對是明智的舉動。但面對這讓人心顫的景象，我突發奇想，把今早發生的情況和現在的景象通過視訊給遠方的朋友們都看看。於是，我請隊友幫忙，來個現場直播。而且為了增加趣味性，我決定用葡萄牙語來介紹今早發生的一切。說實話，我也不知道我的葡語水平已經退步到什麼程度了，但覺得肯定會挺好玩。試試看唄！

寫到這裡，我插播一段關於葡萄牙語的往事。葡萄牙語是小語種。全世界只有葡萄牙、巴西和安哥拉等幾個國家說葡語。學習葡萄牙語的人也很少。我的葡萄牙語是在巴西半自學的。哈佛商學院畢業後，我決定加入了美國老牌金融機構花旗集團，成為其全球領袖計劃的十名成員之一。在紐約培訓和工作了一段時間後，我主動要求去巴西鍛鍊。當時我雖然不知道去巴西能具體做些什麼，但是我知道巴西自然資源豐富，所以一定能探索出些機會，先去了再說。果不其然，在聖保羅的前兩月，我就發現了不少中資企業想在巴西開展業務或投資並購，但由於語言、文化、法規、貨幣等許多原因，造成進展很不順利，甚至出現巨額虧損。同時，我也發現巴西公司們也很頭痛。他們覺得和中國公司溝通非常困難，而且常常不理解中方的一些舉動。比如為何喝酒非要乾杯？為什麼需要表態時總是不直說「同意」或者「不

哈佛生的聖母峰日記
118　登上世界之巔，真正高人一等

同意」？等等。在發現了雙方的許多需求後，我自動請纓，並成功地組建起了整個巴西銀行界的第一個針對中資機構提供金融服務的團隊。這期間，我跑遍了大半個巴西。一年以後，花旗在巴西的中資客戶，從僅僅 2 家上升到 9 家。為了做好這個中巴橋梁的角色，語言是必須過的關。為了能迅速地學習葡語，瞭解巴西當地文化，我放棄了花旗提供的外派人員酒店式公寓。而是選擇和兩位巴西同事們一起擠一個 50 平方公尺的民房。我們一０起踢足球，一起去海邊衝浪，一起燒烤，一起跳森巴舞，一起泡酒吧……隨著時間的推移，他們不僅教會了我生活常用的葡萄牙語，而且也讓我迅速融入了當地文化，更重要的是，我們三人成了非常要好的朋友。這份友情一直保持至今。當然除了他們的幫助，我自己也抓緊所有零碎時間背單字。每次排隊時、地鐵上、公交車上、飛機上的零碎時間都成了我的自學時間。學會一門語言，就好像打開了一扇門。到巴西大概 3~4 個月後，我的葡萄牙語已經可以應付生活。6~7 個月後，已經可以聽得懂 60%~70% 的會議內容。葡萄牙語從此成了我的第三語言，之前大學裡面學的西班牙語只能排第四了。我也由此「幸運」地成為巴西隊的忠實擁躉。現在用葡萄牙語錄下這段影片，不僅是「苦中作樂」，也是對當年巴西時光的一種懷念。

　　今天剩下的時間就只有無可奈何地等候修路隊的消息啦。我依舊是接著讀書，而且特別是把關於昆布冰川的部分認真仔細地反覆讀。現在有了兩次真實接觸昆布冰川的經歷，再讀起作者們於不同年代描寫的他們當年的經歷時，更加明白書中的內容，那真是讀來更加有滋有味。之前只有「理論」，現在是理論結合實際了。費了這麼多天，我們連一號營地的影子都沒見著呢。而一號營地還是除了大本營之外最低的營地。那後面的二號、三號、四號營地有多難啊？衝頂就更別提了！算啦，還是別想了……一晃到了晚飯時間，山上依舊沒有傳來明天能否重啟攀登的消息。而且，天氣預報說明天依舊多雲。多雲是登山的大忌。本來就已經夠危險的了，再加上看不清楚就更要命了。看來明天是無法上山了，只有接著等待。多在這 5000 多公尺的高海拔停留一天，就是多一天對身體的消耗。希望明天能有好消息。

　　在我上網報告近況後，許多朋友給我留言鼓勵和祝福。我的父親給我留了一首

詩以鼓勵和提醒。

　　　　雪崩飛來至，險象危境生。回想高僧事，妖怪才啓程。

　　　　進退需自如，莽漢一味衝。知己且知彼，勝券握掌中。

　　　　　　　　　　　　　　　　　　　　　　——于星垣

Day 22
等待也是一種考驗
2018 年 4 月 26 日

　　今天上午，山上傳來了好消息。經過一天的努力，修路隊已經成功地尋找到另外一條穿越昆布冰川的路線，巧妙地避開了雪崩路段。我們明天凌晨 3 點會再次出發，繼續走昨天沒有完成的路段。而今天，就變成了我們計劃之外的一個休整日。

　　我今天的時間是在遠程工作、讀書、玩一會撲克牌和洗衣服中度過的。2016 年夏天，我從聯想辭職出來創業，四川妥妥遞科技有限公司就成了我的全部。沒有結婚，沒有家庭，甚至沒有女朋友，我的生活就是創業，公司就是我的另一半。原本積攢下來想買房子的錢拿出來投入創業了，原本每年幾百萬薪酬的高管工作不要了，原本是北京戶口在香港工作的我連眼都不眨一下地搬到成都了，這一切都是為了創業。創業就是拚命，此時不搏，更待何時？這次挑戰聖母峰也是為了創業。我們沒有歷史、沒有後台、沒有黑科技，但如果挑戰聖母峰成功，我想這個壯舉一定會在私募界引起許多人的好奇心。有了好奇心，我們推廣起來就輕鬆多了。以前都是陌生拜訪，經常話都沒說完就吃了閉門羹。如果登頂成功，那至少客戶們會對聖母峰感興趣，或覺得你們聖母峰都敢去，這麼拚命創業，應該不是孬種。興許會給機會讓我們說說自己的故事，介紹一下產品。品牌和口碑就是這麼拚出來的。在攀登期間這 50 天，別的隊友可以專注登山，但我依舊在工作。說我是身在聖母峰心在蜀，一點也不為過。只要一有網路，我第一件事便是工作。有時是通訊軟體裡面用文字開會，有時是多方語音會議，有時是做決策，有時是修改報告內容，有時是測試公司新產品。有時實在是咳嗽得上不來氣，厲害到肋骨都疼時，我就停一會，喘

口氣，來一勺止咳糖漿，喝口白開水，再接著工作。這 50 天下來，我人雖不在公司，但業務卻一點也沒被影響。反而，員工們、客戶們、投資人們、媒體們對我的勇氣表示佩服。值了！

在聖母峰的這段時間裡，我牽掛的不光是公司，還有我的家人。36 歲的我，家庭成分還很簡單：奶奶、媽媽和爸爸。奶奶 89 歲了，已經喪失行動能力了，但精神意識還很清醒。在我出發前，她躺在床上，緊緊地握住我的手，目不轉睛地看著我，彷彿再也看不到了似的。我隨後也緊緊地抱住奶奶，在她臉頰上親了好幾下，還一個勁地告訴她等我這個四代單傳凱旋歸來。可誰知道這一別，竟然成了永別。

媽媽定居在重慶。但因為我在成都創業，她時常來成都看望我。確實幫我們幾個創業合伙人解決了許多工作上和生活上的後顧之憂。放著一覽長江濤濤水的觀景大房不住，來成都與姨媽擠一個沒有電梯的老公寓。每位母親都愛自己的孩子，都擔心自己的孩子，我媽媽更是如此。不僅每天關注我的網路動態，而且每次留言都像是在寫信。長長的文字彷彿她就在我身邊。未來五天的實戰訓練會讓我與外界失聯五天，難以想像當媽的會多麼提心弔膽。

爸爸定居在香港。他是一位真正的錚錚鐵骨男子漢。年輕時，他是北京赫赫有名的什剎海體校冰球隊的主力中鋒。在工作時，又是幾千人大公司的籃球隊的主力控球後衛。從大學退休後，他還堅持每兩天一跑。而且，他現在還幾乎每天都講課。身體好得根本不像個退休人士。爸爸老說：「葉利欽 70 多歲還跳 Disco 呢，我怎麼也不能比他差吧？！」 在這次挑戰聖母峰上，爸爸是絕對的支持我。他認為我是在嘗試一個他應該去完成的壯舉。這一路上，他經常以詩的形式來給我鼓勁和提醒。例如下面這首：

　　大本營地帳篷紫，夏爾巴人是一家。穩扎穩打取勝道，強民師叔鑠言發。

　　雪崩換來休整日，蓄勢待發力更佳。膽大心細征程路，父子軍團待開花。

我很牽掛他們。在山上，我們每天都會通過網路來語音溝通。天氣好的時候，我們甚至會視訊。一下子感覺我跨越在兩個世界。彷彿就在眼前，但又遠在天邊。那種感覺很奇妙，也很溫暖。特別是在我即將啟程並失聯多天的前夕，感覺像是要

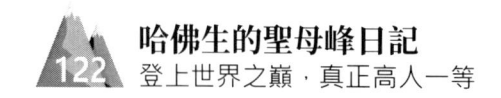

哈佛生的聖母峰日記
登上世界之巔，真正高人一等

上戰場，有了一絲生離死別的悲壯。

在這計劃外的休整日，我也做了件計劃外的事，那就是洗衣服。我來了尼泊爾已經 20 多天了，但還一次沒洗過衣服。其實我是一個特別愛乾淨的人，但在這麼高的海拔洗衣服特別困難。一是累，只能手洗，搓幾下就會覺得缺氧，上不來氣。二是冷，就算用熱水洗，不一會就變成冰水了。三是冰，洗好的衣服不容易乾，隔一夜就變成冰服了。不過儘管我背了不少衣服來，但再不洗洗，我很快就只有接著穿髒衣服了。正在琢磨到底要不要動手洗衣服時，突然天降喜訊。我們的夏爾巴助廚願意幫我們洗衣服。每盆衣服交 1000 盧比即可。別說 1000 盧比了，就算是 2000 盧比我也願意啊！就這樣，夏爾巴助廚可以賺些外快，我可以省些事，成功地把洗衣任務外包了。洗完以後，晾乾衣服也很有趣。凡是可以掛得住的地方都可以用來晾衣服。比如說，帳篷外圍的固定繩；帳篷裡面的座椅靠背；甚至室外的石頭上都是晾衣服的好地方。不過要祈禱風和日麗。一旦起風或下雪就要立刻搶收衣服。我用我的衣服好好「裝飾」了一下餐廳大帳篷的外圍。晾了一下午，天開始黑起來，我以為在外面再放一會沒事的，等吃了晚飯再收。可晚飯後我去收衣服時，才發現所有衣服已經成冰塊了！每一件衣物都是又冰又硬。我當時真是鬼迷心竅了，太低估聖母峰大本營夜晚的降溫速度和溫度。沒輒了，明天我們就要開始實戰訓練五天，我只好拜託夏爾巴助廚明天幫我收衣服了。

我用洗好的衣物好好「裝飾」了一下餐廳大帳篷

結語：因為雪崩斷路，今天是計劃之外的休整日。除了遠程工作、讀書和玩牌，我還洗了衣服（晾在了主帳篷外）。蓄勢待發。

Day 23
名不虛傳的「恐怖冰川」
2018年4月27日

　　凌晨3點，我們再次啓程出發，這是第三次踏上昆布冰川。希望這次能順利通過，抵達一號大本營。雖然依舊是一片漆黑，但沒有風，能很清楚地看見天上的星星。這種天氣算是相當不錯的。有了前兩次上昆布冰川的經驗，這次我心裡有譜多了，也就沒有任何緊張感了，甚至連興奮感也大大降低，一心想的就是事不過三，這回該能一次通過了。心裡挺好奇昆布冰川上面是什麼樣子，一號營地是什麼樣子。不過飯要一口一口吃，路要一步一步走，先認真走好腳下的路，別想太遠。不過這次確實很順利地就到達了前幾天訓練的地方，用時3小時。這裡是我們今天的休息點，可以吃點東西、補點水。接下來就要 進入我從未涉足的領域了。

　　再往上攀爬，冰壁的坡度明顯變陡，而且通道越來越窄。有的地方幾乎就是手腳並用，而且似乎還上不去，背後的裝備背包好像一直把你往下拉。用了吃奶的勁終於攀上一個坡

左邊冰岩隨時可能崩塌

後，往前一看，又是一片看不見頂的冰川在等著呢。一步步往前走，太陽也一點點地露出頭來。抬頭一看，嚇了我一跳。一塊巨大的冰塊懸在我的上方，有好幾個別墅加起來那麼大。而且冰塊與地面的連接部分比冰塊 細了不少，整個看起來有點像

哈佛生的聖母峰日記
登上世界之巔，真正高人一等

個超級大蘑菇。同時也有點像個凶神惡煞的巨人低著頭盯著我。如果我們一不小心惹他生氣了，他就會隨時一個巴掌拍下來。我在他面前真的就小得像個螞蟻。正當我準備拿出相機拍下他的尊容時，我的夏爾巴嚮導似乎看出了我的意圖，立刻轉身拍拍我的肩膀，並給我做了快往前走的手勢。我正想解釋說明就想拍張照呢，他又立刻給我做了個「噓」的手勢。他走到我身邊，貼著我的耳朵，小聲說：「這裡很危險，一分鐘都別多留。不是照相的地方，趕快通過。」彷彿如果說話的聲音再大一點都有可能把冰塊震下來。是啊！他說得很對。登山可不是旅遊，安全第一！還是趕快通過為妙。

我們又向上攀登了4個多小時。我已經覺得累得不行了。平時在城市裡也不會連續走8個小時的路。現在在接近6000公尺的高海拔區域，氧氣稀薄，身著裝備，背負行囊，咳嗽不停，居然已經攀登了8個小時，我真的是快到自己體能的極限了。一步比一步慢。步伐也開始不穩。頭也逐漸耷拉下來。就在這個時候，突然一個黃色的東西衝進我的視線。在冰川上，除了冰雪的白色，就是岩石的黑色。那個黃色的東西到底是什麼？仔細一看，原來是一個小帳篷。一號營地到了！突然我好像看到了希望，終於要熬到頭了！但是從我現在所處的位置到營地還有一小段路程。太陽也已經高高地懸掛的天上。我已經又累又餓又渴，太陽又大，最後這一小段走得非常艱難，可以用烏龜爬行的速度來形容。最終抵達一號營地時，我已經完全筋疲力盡。更顧不上看看一號營地是什麼樣子，或者拍拍照，我找到了我的帳篷，一頭便扎了進去，登山靴也沒脫，就露在帳篷外面，睡袋也沒鋪開，就倒在防潮墊上再也不想起來。我心想，這才到一號營地我就累成這樣，那後面怎麼辦啊？

不知過了多久，我居然被熱醒了。聖母峰地區的日照非常強烈。我們用的帳篷都是不透風的材料製作的。中午太陽最大的時候，帳篷裡面好像一個烤箱。加上我身上還穿著凌晨3點出發時的羽絨服，一下子從冷得打哆嗦，變成了渾身出汗。我本應該脫掉羽絨服，打開透氣窗口，或者在帳篷外面待著，但是由於實在是太累了，根本不想動，所以就這麼忍著熱，在帳篷裡躺著。可是這麼一躺不要緊，沒過一會我開始頭痛了。這可把我嚇壞了。我可不想在這麼高的地方生病。不行，必須

逼著自己坐起來，然後鑽出帳篷呼吸呼吸新鮮空氣。這個起身的動作在平原地區是一個多麼微不足道的瞬間的動作啊。但在這一號營地，簡直就是一個心理和身體的雙重鬥爭。費了九牛二虎之力，我終於逼著自己挪出了帳篷。呼吸了幾口新鮮空氣，拉伸了筋骨，遠眺了洛子峰（一號營地還看不見聖母峰），感覺好些了。這時候我感覺緩過勁來了。也放眼觀察了一下一號營地。原來所謂的一號營地就是零零星星的五六個帳篷。把其他隊伍的帳篷全部加在一起也就幾十個帳篷，比大本營小太多了。地點位於昆布冰川的頂部和西部冰斗的底部，是二者交接的一個平緩區域。

　　在這高海拔地區，背著水上山是不可能的，太重了。靠山吃山，我們飲水的來源就是周邊的冰塊。用鐵鍬鏟開表面的雪，底下的冰塊便露了出來。然後，用冰鎬將大冰塊砸成數個小塊，裝進袋子裡，扛回營地。別看這簡單的動作，真正做起來還真費勁。我感覺好多了，就自告奮勇地去幫助夏爾巴嚮導們鏟雪敲冰。可誰知沒幾下，我就氣喘嘘嘘，上不來氣。旁邊的夏爾巴們笑著看著我，然後很自然地從我手中拿走冰鎬，感覺那意思就是「你還是歇著吧，看我們的」。確實，我看他們掄起冰鎬啪啪啪地沒幾下就已經敲碎了一地的冰塊。裝了一麻袋，往肩上一扛就往營地走。不得不佩服他們的體力！

正在一號營地附近和邊巴取冰，我們的水源

　　回到營地，他們將冰塊放進小鍋裡。不一會，冰塊就化成了開水。再過了一會，裝滿了幾暖壺熱水。他們先是給我們泡上了茶包加蜂蜜，然後用熱水泡泡麵為我們做晚餐。在累了一天後，能喝上一杯蜂蜜熱茶，真是一種享受。平時從來不吃泡麵的我，今天吃了兩碗泡麵，而且覺得這是我這輩子吃過的最香的泡麵。吃飽喝足後，隊友們之間開始攀談起來。其中不乏懷念平原好日子的感慨。是啊，放著平原的好日子不過，來這裡花錢找苦吃，還隨時都有生命危險。不過說著說著，大家又不約而同地覺得能夠有機會挑戰聖母峰吃多少苦都是值得的。天色轉黑，大家都

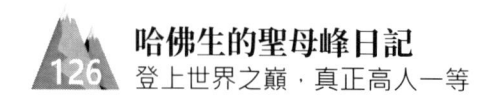

哈佛生的聖母峰日記
登上世界之巔,真正高人一等

早點睡了。明天就要向二號營地進發了。

邊巴和卡吉正在燒水做飯

結語:今天首次全程通過昆布冰川,抵達一號營地。我累得半死。下午算是緩過勁來。

Day 24
低估了一號營地到二號營地的難度
2018 年 4 月 28 日

　　從一號營地到二號營地的路程是整個聖母峰南坡攀登路線裡面難度相對較低的一段。這段路就是要通過西部冰斗（WesternCwm）。西部冰斗連接著昆布冰川頂部和洛子壁底部（二號營地所在地），兩側分別是聖母峰西肩和努子峰，相當於是一個 2000～3000 公尺長的被冰雪覆蓋的山谷。這段路的海拔上升並不算大，從 5900 公尺到 6300 公尺。但它的難處有三：一是有幾個垂直的斷崖式的大冰壁需要攀登；二是需要過十幾個梯子；三是強烈的日照和高溫。

　　我們今天沒有凌晨出發，而是幾乎睡到自然醒，太陽高照後，9 點左右才出發的。一出帳篷便體會到了強烈陽光的厲害。天很藍，一片雲彩都沒有。陽光毫無遮攔地直接射下來，再在平滑如鏡的雪面上反射，整個西部冰斗看上去非常耀眼，行進路上有種一直要盯著汽車大燈前進的感覺。所以，偏光太陽鏡是必不可少是裝備。為了這次登山，我專門在加德滿都採購了一副，花了兩百多美元，當時挺心痛的，但現在覺得太值了。除了護眼，護膚也是非常重要的。這麼強烈的紫外線和反射很容易就把人晒傷，而且容易導致皮膚癌。我 3 月份去夏威夷參加同學婚禮時，特地採購了一瓶 SPF100 的防晒霜。這是美國市面上能買的到的防晒指數最高的防晒霜。不僅要擦在臉上、耳朵、脖子、雙手上，任何裸露的部位都要擦好才能出發。一旦被晒傷，在高海拔地區很難恢復。隨著強烈的日照而來的還有一個問題，那就是高溫。儘管西部冰斗的海拔在 5900~6600 公尺左右，但在一個沒有風的正常晴天，氣溫可以高達 35 度！一般人身著羽絨服，背著裝備，在行進運動中，沒有太陽

哈佛生的聖母峰日記
登上世界之巔,真正高人一等

都會出汗。現在不僅艷陽高照,而且沒有一絲風。按理說是難得的好天氣。但這個好天氣卻讓我們好煎熬。穿著羽絨服在三十幾度的高溫裡前進,這種滋味恐怕只有在聖母峰路上才能「享受」得到。

西部冰斗放眼望過去是一片緩緩上升的冰原,看著挺溫柔、挺安全的。但實際上,在這溫和的表面下卻危機四伏,因為底下布滿了冰裂縫。冰裂縫(crevasse)是冰川在運動過程中,冰層受應力作用形成的裂隙。淺的冰裂縫有幾公尺深,而深的冰裂縫則有幾十公尺深,甚至深不見底。要是以為雪面平整就踏上去,那說不定立刻就會穿破雪面,墜入冰裂縫。這是聖母峰攀登中最常見事故發生原因之一,而且各種影片中都必然有墜入冰裂縫的鏡頭。為了減少墜入冰裂縫的事故,當地的夏爾巴先遣修路隊在每個登山季開始之前,就會上山探路,通過插旗鋪繩的方式將避開冰裂縫的路線標注出來。這樣大大降低了後面登山隊伍的難度。在通過西部冰斗時,我們必須嚴格按照標注的路線前進,絕對不能偏離,否則真的會有生命危險。

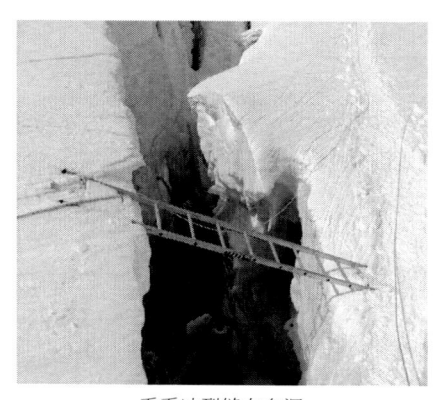

看看冰裂縫有多深

冰裂縫有寬有窄。窄的地方只有一兩公尺,我們大部分人可以一躍而過或者一步跨過去。而寬的地方則有十餘公尺,必須用梯子過。這個梯子非常出名,在無數的影片裡和書籍裡它都是必須登場的。這個梯子是鋁合金材料的,每個大概 3 公尺長,30 公分寬。如果一個冰裂縫是 3 公尺之內,那麼搭一個梯子就正好能過去。如果冰裂縫超過 3 公尺,那麼則需要把兩個梯子用繩索綁在一起,再搭在裂縫上。如果是更寬的冰裂縫,則需要連接更多的梯子。我這次過的冰裂縫中,最長的就是十幾公尺,四五個梯子連在一起的。梯子兩頭都有繩索和冰錐固定在了裂縫兩側的冰面裡。我們過梯子時,需要保持平衡,一步看准踩穩在梯子的台階上,再邁下一步。整個過梯子的過程很像走獨木橋,不過難度更大。梯子 30 公分的寬度 也就是剛好

放得下兩只登山靴的寬度。梯子上每一個台階之間的距離剛好是我冰爪的長度。所以，我每邁一步，冰爪的前齒和後齒就正好「咬住」梯子的台階，這幫了我大忙。梯子越長走到中間部位時就會感到上下波動越大，而且那時也正是冰裂縫的中間部位。下意識地往下瞄一眼，深不見底的黑洞好像一張血盆大口等你往下跳，嚇得人渾身直打哆嗦。可是，你又不能跑，只能沉住氣，冷靜地接著一步步往前走。幸虧今天沒風。要是有風，我真心不知道這梯子還如何過得去。前後的隊友都保持著安靜。大家都知道這時候過梯子的人需要保持一百二十分的專注。任何外界影響都可能造成生命危險。我感覺我過梯子的那一分鐘空氣都要凝固了。過完了十幾公尺的冰裂縫，僅一分鐘而已，但我已經渾身大汗。這不是累的，而是緊張出了一身冷汗。一路上山還有十幾個梯子。到返程的時候還要再過一遍所有的梯子。唉，不敢想像啊！

跨越冰裂縫

　　走著走著，上了一個緩坡，到了頂上，我們突然被一個三十多公尺高的冰壁攔住了去路。那是一個垂直的冰壁，而且還沒法繞過去，只能爬上去才能繼續前行。走到冰壁腳下，揚起腦袋往上一看，頭有點暈，真高啊！之前訓練也沒有爬過這麼高的冰壁，而且這個冰壁是垂直的。但是沒辦法，要挑戰聖母峰，這是必經之路。

哈佛生的聖母峰日記
登上世界之巔，真正高人一等

這裡都過不去的話，就趕快打道回府吧！我扣上安全帶，檢查了冰爪，掄了掄胳膊，深呼吸了一口氣，上！整個攀冰過程中，我非常注意動作和節奏，並盡可能地放鬆心情。我之前沒有任何攀冰經驗，所以才幾公尺的小冰壁就把我累得一塌糊塗。但經過幾次訓練後，我掌握了一些要領，現在盡全力按照標準動作來攀冰。簡單來說，以前總覺得要用胳膊攀冰，但實際上雙腿才是攀冰的主力。而且我之前攀冰的節奏很沒有章法，爬幾步就停下來大喘氣，然後再爬再停。這種混亂的節奏其實是對體力的巨大消耗。這次我很注意這一點，嚴格按照「一、二、三、登！」的節奏攀爬，絕對不快也不慢。另外就是自己給自己放鬆心情。攀冰很容易緊張。我的冰爪結實嗎？繩索牢靠嗎？安全帶質量過硬嗎？當懸在幾十公尺高的冰壁上時，腦子裡會反反覆覆地飄出這些問題來。如果再一不小心一腳沒踩踏實，在冰壁上滑一下，立刻就會渾身冷汗，喘大氣，驚魂不定。現在的我就根本不想這些問題，也不向下看，就穩步地專注地向上攀登。一步一個腳印，沒過多久就到頂了。雖然還是累得夠嗆，但我覺得比以前大有進步。以前的我肯定上不來。

通過西部冰斗，前往山腳下的二號營地（海拔 6500 公尺）

翻過了這段大冰壁，就是連續 3 個多小時的緩步上升，幾乎可以用上坡走來形容。但過了十幾個梯子，翻過大冰壁，一直被強烈的紫外線上下夾擊和 30 度的高

溫「烘烤」著，我已經消耗了不少體力。然後還需要在這 6200 多公尺的高海拔持續上坡 3 個多小時也夠要命的，這有點像在橫跨大沙漠，只不過海拔比沙漠高了好幾千公尺，裝備沉了十幾斤，氧氣稀薄了百分之好幾十。一路上陸續不斷有登山者一屁股坐在雪地上休息。我不知道為何今天我的狀態不錯，一反昨天的疲態，居然是全隊第二個到達二號營地的人。到了 6500 公尺的二號營地後，我的信心也有所提升了。我心想該不會是越往上攀登，我的狀態就越好吧？心裡美滋滋的。

　　結語：今天從一號營地攀升到了二號營地。過梯子、攀冰壁，還有高溫、日晒，很像在高海拔上橫跨沙漠。不過今天狀態不錯，全隊第二個抵達了位於 6500 公尺的二號營地。

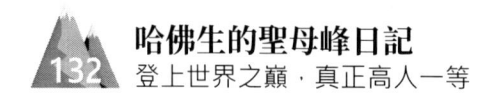

Day 25
人生中第一次高原反應
2018 年 4 月 29 日

　　經過了連續兩天的高強度攀登，今天是休整日。二號營地海拔 6500 公尺，在洛子壁腳下，比一號營地的規模大了許多。六十多年前，早期的登山者把二號營地稱為「前進營地」（Advanced Base Camp）。他們認為從這裡向上，才是聖母峰衝頂階段攀登的真正開始。1953 年，英國人杭特（John Hunt）也就是在這裡指揮英國登山隊，最終希拉里和諾蓋完成了人類首次登頂聖母峰的史詩級壯舉。幾乎所有登山隊都會在這裡休整一天，再重新開始征途。我們也不例外。我用這一天好好觀察了一下周圍的景觀和明後天的路線。

　　二號營地是個縮小版的大本營。除了沒有洗澡帳篷以外，各類帳篷都有，只不過無論是數量還是體積都比大本營要少和小。二號營地是正式開始衝頂衝刺階段的最後真正意義上的休整點。各類物資都比較齊全。三號營地和四號營地的條件都非常惡劣。二號營地也是直升飛機可以飛抵的最高海拔。我們時不時地看到有直升機起降。不過這裡只有最小型的救援直升機才能飛得上來。一個機艙裡面最多只能坐兩個人。一般只有受傷或者生病緊急下撤時才會用得上。二號營地位於聖母峰西肩，洛子壁和努子壁的環抱下。抬頭一看，左邊是聖母峰、中間是洛子峰、右邊是努子峰，很是巍峨壯美。洛子壁將是我們明天的攀登路線，一個看上去光滑無比的巨大冰面山壁，它直通洛子峰。洛子峰海拔 8516 公尺，是世界第四高峰。但跟聖母峰一對比，它顯得又矮又胖。這世界聞名的洛子壁曾經讓多少登山者鎩羽而歸，甚至命喪黃泉，而我們明天就是要沿著這洛子壁直線向上攀登。我還從來沒有嘗試過

攀登這麼高、這麼陡的冰壁，不知道會發生什麼。這 6500 公尺的海拔，已經是我畢生到過的最高海拔了。2017 年 10 月攀登的島峰也才 6200 公尺。

二號營地的清晨

　　轉眼就到了午飯時間。午飯是一份炒火腿腸、一份炒雞蛋、一份素菜和白米飯，還有一鍋湯。能在這 6500 公尺吃到這樣的飯菜已經相當相當不錯了。飯後，大家招呼著玩牌，我正想加入戰局時，突然覺得頭有點痛。一開始我並沒有把它當回事，但慢慢地越來越痛。我想是不是又感冒了？還是昆布咳咳到頭痛了？總之它越來越嚴重，痛到我都玩不了撲克牌了。這種感覺好像有個人拿著榔頭和釘子，在我的腦後使勁釘釘子。而且釘的頻率和我的脈搏一樣。我的脈搏跳一下，頭就痛一下。現在一分鐘大概跳 80 多次，我的頭就痛 80 幾次。我試著閉目養神，還是痛。我試著躺下，還是痛。我試著側身靠著，還是痛。我試著雙手抱頭，還是痛。我還從來沒有這麼難受過。這到底是怎麼了？不會是腦水腫吧？腦水腫可是要致命的！越想越害怕。到了晚上，我吃飯的胃口全無，而且特別難受。就喝了杯奶粉沖的牛奶，吃了幾片洋芋片。我們隊沒有隊醫，夏爾巴嚮導和中國教練就是隊醫，他們給

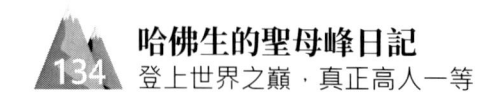

哈佛生的聖母峰日記
登上世界之巔，真正高人一等

我的診斷是高原反應。這是我一生中第一次起高原反應。這一路上我還挺得意，覺得自己沒有高原反應挺厲害。不少人在更低的海拔就已經高原反應得厲害，甚至已經吸上了氧氣。沒想到這 6500 公尺成了我的高原反應的紅線。

克服高原反應只有兩種辦法，要麼立即下撤，要麼吸氧。但這兩種辦法都不是我想要的。這才二號營地而已，現在下撤等於提前向聖母峰投降了。吸氧也不妥，因為我們每人此次行程只有 6 瓶 4 公斤的氧氣瓶。按計劃，第一次吸氧是從三號營地開始。如果現在就開始吸氧，很可能造成未來衝頂時氧氣不夠用，最終導致整個登峰計劃流產。氧氣在登山過程中是稀缺資源，要省著用，要用在刀刃上。那麼怎麼辦？我給了自己一個比較殘酷的辦法，強忍著，硬挺過去。說不定明天我的身體就適應這個海拔了呢。我也不知道這個辦法能不能奏效，但為了大的登峰計劃，我願意賭一把。這個夜晚成了我在整個聖母峰攀登過程中最長的夜晚，因為我頭痛得根本無法入睡，通宵未眠。我在帳篷裡翻來覆去，昆布咳也依舊頑固，喘氣比昨晚更費勁。喘氣稍微大力點，就迅速變成了更強烈的咳嗽。整個晚上，我做得最多的動作就是看錶，希望時間能過得快點，再快點，能早點天亮，早點上洛子壁，讓這個該死的夜晚早點過去。

結語：今天在二號營地休整。我人生中第一次感受到了高原反應。頭痛得要命。翻來覆去，徹夜未眠。咳嗽嚴重。

Day 26
放棄不丟人
2018 年 4 月 30 日

  今天的計劃是從二號營地訓練攀登到三號營地，並在三號營地過夜。昨天晚上由於高原反應嚴重，我徹夜未眠，但總算熬到天微微亮了，還不到 5 點我就鑽出帳篷了。我是全隊第一個起床的，甚至比伙房的夏爾巴起得還早。拉伸、熱身、吃早餐，清晨 8 點，我們便出發了。三號營地海拔 7300 公尺，位處洛子壁的中間部位。從二號營地出發一個半小時後，可以到達洛子壁的腳下，然後便是平均坡度為 70 度的 600 多公尺冰壁攀登。而世界聞名的美國第一高樓——世界貿易中心也才不過 541 公尺。就算是在平原地區上接近 70 度的台階也可以稱謂高難度陡坡了。更何況這裡是 6700 公尺左右的海拔，也並不是台階，而是光溜溜的冰壁，還有 600 多公尺的垂直海拔上升。洛子壁是與昆布冰川齊名的聖母峰南坡攀登的兩大天險之一，但又是必經之路。要想有機會挑戰聖母峰，必須過洛子壁這一關。洛子壁也是每部關於聖母峰的電影或者書籍裡面重點突出的環節。可想而知它的險！

  從二號營地一出發，我們便穿上了冰爪。6500 多公尺已經全都是冰雪覆蓋了。我接著走了一段緩緩上升的路段，難度不高，但頭痛依舊。大概一個半小時後，我們便到了著名的洛子壁腳下。抬頭一看，比我想像的還要高、還要陡，而且光滑得像面鏡子。刺眼的陽光混合著反射的陽光，隔著登山雪鏡都把我照得有點目眩，頭更痛了。在這看不見頂的大冰壁上有兩根小拇指那麼粗的路繩。它們之間相隔 5 公尺左右。一個是攀登路繩，另一個是下降路繩。我們的生命安全就都掛在這根繩子上了，真正的命懸一線。偏偏在這個時候，突然下起了雪。溫度也隨著陽光的消失

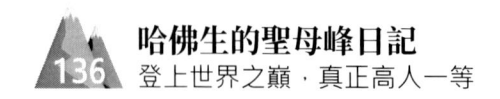

哈佛生的聖母峰日記
登上世界之巔，真正高人一等

而驟降。一下子把已經看似艱巨的任務變得更加讓人害怕。我們隊一共七個人，其中三位決定今天就不登洛子壁了，當場折返回二號營地。我吃了幾口奶酪、幾顆杏乾，喝了幾口熱水後，上！

沿著路繩攀冰我是訓練過的。但無論是之前在四姑娘山的訓練，還是在聖母峰大本營的訓練，也就是最多上升 20~30 公尺。2018 年 10 月份在島峰的衝頂階段攀冰也就 300 多公尺，而且海拔比這裡低了接近 1000 公尺，然後我用盡了全身最後一絲力氣才登頂成功。今天面對這世界天險洛子壁，我心裡確實沒譜，但絕對不能退縮。每多上一步就會創造我人生中新的最高海拔記錄，也是對我自己攀登更高更險山峰的挑戰。自古聖母峰南坡一條路，只能放手一搏！踏上冰，握好上升器，雙腿用力向上蹬，上身直挺，右手往上推，站穩，喘口氣。再向上踏一步，握好上升器，雙腿用力向上蹬，上身直挺，右手往上推，站穩，喘口氣。如此循環，我按照自己可承受的頻率向上攀登。前 200 公尺，我覺得我發揮得還是不錯的。一直在全隊處於第二的位置。要知道另外三位隊友都是登過許多高山的高手。運動量大，加上太陽一直毫無遮攔地暴晒，我已經渾身大汗，但是又不敢把羽絨服脫下來，也確實不方便脫，所以就只好來開上身和腿部的拉鍊，忍著這種難受接著向上。可是說時遲，那是快，忽然間就起霧了，而且這個霧是濃到只有 10 公尺左右的能見度。一下子氣溫也降下來了。於是，我立刻拉上所有拉鍊，戴好手套。這種時而乾熱時而冰寒的、反覆無常的、毫無徵兆的天氣變化真是無法預防，只能硬抗，這也是洛子壁攀登的難處之一。

前 200 公尺，我一直與位處首位的羅哥相差十來公尺，這也是攀登過程中，兩名登山者之間應該保持的安全緩衝距離。羅哥不是像我這樣的登山菜鳥。相反，他是全隊登山經驗最豐富、體力最充沛、速度最快的。一路上，無論是過昆布冰川，還是到二號營地，他都領先了其他隊友一大截。來聖母峰前，他成功登頂過海拔 8156 公尺的馬納斯魯峰。今天攀登洛子壁也不例外，他依舊是全隊第一個。我是爭取能夠跟上他的速度，從未想過有追上的可能。前 200 公尺，我跟得還行，但再往上，我是越登越慢，但羅哥的速度似乎沒有放緩。我們之間的距離一點點拉大。一

會，飄起一片濃霧，羅哥就徹底從我的視線裡消失了。上看沒有目標點，下望深不見底。全部性命就掛在這一根細細的繩子上。這個時候想不害怕都難。但已經都到這裡了，想那麼多也沒用，接著向上！

就這麼一會熱，一會冷，一會看得真切，一會喪失能見度，也不知過了多久，我的腳步越來越慢，越來越沉。而且，每向上登一步，都要停下來喘好幾口大氣才能接著向上再登第二步。累得我連抬頭向上看都覺得費勁。這時候，前面的羅哥已經沒了身影。再接著向上登，我的腳沉得都快抬不起來了，而且呼吸越來越困難。但三號營地還絲毫不見蹤影，只有看不見頂的冰壁。這個洛子壁好像永遠走不完。然後又不知道登了多久，我居然開始睡著了。這是一個很奇特的、我從未體驗過的經歷。每登出一步，我會喘好幾口大氣，但喘著喘著我居然合上眼睛睡著了！可是睡了也許就兩三秒，我又醒了，接著登出下一步。然後每一步都如此。當時我的意識很清醒，知道自己是睡著了，然後又醒了。估計是疲勞和缺氧雙重原因所造成的現象。但也有一個好處，那就是我忽略頭痛了。

又接著走了一陣，我的速度更慢了，簡直可以用爬行來形容。好多次想放棄了，但我依舊憑著意志力一步一步往上挪。心想，這連三號營地的影子都還沒看到呢，怎麼去挑戰聖母峰啊？！就在這時，一排小黃點出現在了不遠的上方。我意識到那就是三號營地，終於快到了！可是我的身體已經不聽我使喚了，一屁股坐在了雪地上，再也起不來了。那些小黃點離我大概還有 100 多公尺，也就是說我現在所處的海拔大概是 7200 公尺左右。我看著它們，特別想站起來，登過去，但我實在是太累了，根本站不起來了。坐在 70 度的冰壁上也很危險，隨時有滑下去的可能。我轉過身來，蹲下身，膝蓋靠胸口，背靠冰壁，大口大口地喘著粗氣，又似乎永遠喘

這就是洛子壁，看得清楚上面的人嗎？

138 哈佛生的聖母峰日記
登上世界之巔，真正高人一等

不夠。這最後 100 多公尺怎麼辦？我糾結了大概 10 分鐘之久，最後決定不上了，下撤。

能放棄費了九牛二虎之力後近在眼前的目標是相當可惜的，也需要相當大的勇氣和決心。但是，當時我已經相當疲勞，而且開始有睡著狀態（後來才得知這種狀態如果在更高海拔過夜，有可能引起夜間失溫而導致死亡），再加上在二號營地就已經有很嚴重的高原反應──劇烈頭痛，就算最後上到了三號營地，那一晚上肯定非常難熬，甚至有危險。我考慮再三，儘管很可惜，但下撤應該是正確的選擇。有的時候，該放棄的就要放棄。下山的時候，我已經體力耗盡，舉步維艱。給我帶路的夏爾巴嚮導看到我已經體力不支，他出了個主意，把我連在他的身後，兩個人用一根繩索下降下山。我沒聽說過這種下山方式，更沒試過。但現在的身體狀況已經由不得我選了。要是再猶豫一會，身體狀況只會更差。在這麼高的海拔多留一分鐘，身體就會多消耗一分。他用繩子把我的安全帶前端和他的安全帶後端鎖在了一起，然後他的安全帶前端鎖在了路繩上，緩緩地開始放繩子，下降。我的性命現在完全掌握在他的手裡，這種感覺真叫人提心弔膽。

在下降的過程中，我們遇到了還在往上攀登的吳哥和東哥。當時他們距離三號營地至少還有一個半個小時的距離。我真不知道他們能否上得去（後來他們成功到達三號營地，而且還過了一夜）。當他們問我還有多遠的時候，我腦子裡清清楚楚地想說一個半小時，但嘴裡說了好幾次卻怎麼也說不清楚。說到後面，我們互相都笑起來了。他聽不明白，看著我「表演」。我說不清楚，也覺得自己好笑。估計這也是缺氧的表現吧。上山攀登了 6 個多小時，下山用了 3 個多小時（其中有一半是嚮導「拖著」我下的），一共 10 個小時，而且還沒能抵達三號營地，更沒有過夜，也就沒有完成此次訓練的任務。這一天應該是目前此次挑戰聖母峰之行最累最辛苦的一天，結果也是最讓我失望的一天。訓練不成功，對我的信心是有打擊的。我對珠穆朗瑪峰更加敬畏了。

下午 4 點過，好不容易終於回到二號營地，但我連進帳篷力氣都沒了，就坐在了帳篷外的大石頭上面，久久不願起身，實在是太累了。在帳外石頭上喝了一杯熱

葡萄果汁，但喝著喝著幾乎拿著杯子就睡著了。晚飯也沒吃，拚盡了全身最後一點力氣把自己挪進了帳篷。這時累得連脫登山靴和羽絨服都成了艱巨的任務。然後，鑽進睡袋就倒下了，連睡袋訓練都沒力氣拉了，瞬間就睡著了。

　　結語：今天首次嘗試攀登聖母峰兩大天險之一的洛子壁。要攀登600多公尺高的平均70度的大冰壁，這是我人生目前最極限的挑戰了。攀登了近6個小時，看到了三號營地，但在離其還有100公尺的距離時，已經完全筋疲力盡，最終鎩羽下撤，沒有完成此次訓練的任務。

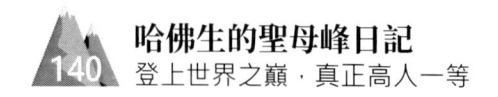

哈佛生的聖母峰日記
登上世界之巔，真正高人一等

Day 27
在海拔 6500 公尺發燒了
2018 年 5 月 1 日

　　下一次醒來，是被邊巴（我的夏爾巴嚮導）叫醒的。外面天色也黑，他問我要不要吃點東西。但我除了想睡覺還是想睡覺，完全沒有食慾。可他一摸我額頭，覺得不對勁。出去了一會後，找來體溫計，一測，38.5 攝氏度！我在 6500 公尺發燒了！慘了！在平原發燒還要打針、吃藥，休養兩三天。我在這 6500 公尺天寒地凍的聖母峰二號營地可怎麼辦啊？這時候，邊巴對我說：「Lawrence，你先歇著，我一會搬到你的帳篷，晚上照顧你。」啊？什麼？搬進我的帳篷？你不怕被傳染嗎？你自己也累得夠嗆，不想好好休息嗎？除了發燒，我咳嗽也很嚴重，你不可能睡好啊！不等我回過神來，邊巴不僅把睡袋搬進來了，還帶了三件東西：氧氣瓶，暖壺和一碗熱騰騰的番茄湯。他先是一口一口地餵我喝完了番茄湯，然後給我吃了一片藥，接著幫我把氧氣面罩戴上，最後扶我躺下，並且把硬硬的書包換成了羽絨服作為枕頭。你別說，雖然沒有食慾，但是硬是逼著自己喝下一碗熱乎乎的番茄湯後，我開始出汗，而且感覺有點精神了。整個晚上，我口渴時，他幫我倒開水；我咳嗽時，他幫我調整氧氣面罩；我要小便時，他幫我找夜壺；我要是冷了，他幫我在睡袋外再加蓋上羽絨服。

　　下午 5 點入睡，早上 5 點才醒來。不過今天凌晨 5 點的我和昨天凌晨 5 點的我，就像換了個人似的，重生了！我轉過頭一看邊巴，他已經在看著我，第一句話就是：「Lawrence，你感覺如何？」我的第一句話是：「幸虧有你在身邊，我感覺 活過來了。」邊巴笑了笑，立刻起身收拾他的睡袋，然後給我準備熱茶去了。22 歲的

邊巴是我的夏爾巴登山嚮導，他的任務是帶我登山。他完全沒有任何義務陪護我一整宿，特別是在有被我傳染的真實風險下。沒有他無微不至的照顧，很難說我第二天會是什麼狀況。我不知道各位在發燒或生病時，你當時得到了什麼樣的照顧，但像邊巴這樣奮不顧身地細緻入微的照顧，我是頭一回體驗到，也深深地被感動了！現在想來都是發自內心的感激！

復活後的我和邊巴

反思我自己從事的金融和科技行業，如果我們服務客戶的態度有如夏爾巴人服務登山者一般，那麼我們絕對可以做成金融科技界夏爾巴，口碑在金融科技界響噹噹！（甚至想請邊巴當我們的形象大使：實力強，態度好，為人靠得住，絕對以客戶為中心。）等下到 5400 公尺的大本營後，我送給了邊巴一隻全新的紅色聯想 S5 手機。他喜出望外，一開始還不願意接受，但後來得知這是很可能是尼泊爾全國唯一的一支聯想 S5 後，他很珍惜地收下了。

今天早上，我們的原計劃是等著昨天在三號營地過夜的三位隊友下撤到二號營

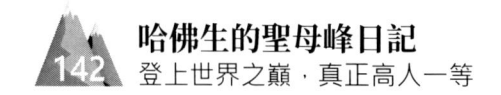

哈佛生的聖母峰日記
登上世界之巔，真正高人一等

地，然後再一起下撤到大本營，結束此次訓練。但快等到10點了也沒見他們的蹤影，而且再等下去的話天氣會開始轉壞，我們通過昆布冰川時會有危險。所以，我們幾個已經在二號營地的人就先行下撤了。在登山途中，根據最新的狀況來靈活調整計劃是必備的素養。從二號營地下撤到一號營地，我們的速度非常快，居然只花了一個多小時就到了。一路下坡也不累。然後，從一號營地通過昆布冰川那段路卻花了接近4個小時。向上攀爬昆布冰川和下撤通過昆布冰川是完全不一樣的兩種挑戰，都很危險，絲毫大意不得。而且，我們下撤的路線已經不是5天前我們上山的路線了。到大本營時，已經是下午3點過了。留守在大本營的夏爾巴協作們給了我們一個大大的擁抱，好像迎接凱旋的戰士！又等了近兩個小時，昨天在三號營地過夜的三位才抵達大本營。他們更是累得筋疲力盡，憔悴的面容像是好幾天沒睡覺。我衝上去給了他們每個人一個熊抱！他們去到了我沒能去成的地方。同一任務，我最終放棄了，他們最終堅持完成，而且他們年紀平均比我大14~15歲。不得不佩服！了不起！

　　結語：今天凌晨發高燒。幸虧有邊巴入微的通宵照顧，我才好了過來。否則真的生死未卜。感謝邊巴！今天晚飯前，所有隊友都安全下撤回到了大本營。本次訓練正式結束。

Day 28
聽聞奶奶去世的噩耗
2018 年 5 月 2 日

今天發生了一件事，讓我完全沒有心情幹任何事情，並且讓我悲痛欲絕。就在我訓練下山的前一天，我奶奶去世了。離開大本營後，連續五天完全沒有 Wi-Fi 訊號。沒想到一回到大本營，剛剛連上 Wi-Fi，竟然收到奶奶去世的噩耗。我心裡真的是五味陳雜，難以言喻。儘管在出發前往尼泊爾前，我已經有心理準備，但當它真的發生時，心裡還是非常震撼，有些不知所措。

奶奶和我的關係比一般的祖孫要親密得多。自從父母離婚後，我就和爺爺奶奶住在一起。我是家裡的四代單傳，所以爺爺奶奶對我也是格外愛護。但他們的愛護絕對不是溺愛。正相反，爺爺奶奶對我的愛是言傳身教地教導。比如說，我要是起床不疊好被子就不能吃早飯。頭髮不梳好，衣冠不整潔，皮鞋不擦亮，就絕對不讓我出門。疊任何衣服一定要像對待新衣服一樣疊得規規矩矩的。衣櫃裡的衣物也要按衣服、褲子、冬裝、夏衫規規矩矩地分開放。用完了什麼東西一定要放回原位。見了鄰居一定要問好。做錯事一定要說對不起。別人幫了忙一定要說謝謝。要有好吃的一定要和身邊的小朋友們分享，絕對不能獨吞。在餐桌上，大人不動筷子，小孩絕對不能先吃。飯菜的味道不重要，營養和衛生才重要。絕對不能浪費糧食，飯碗裡剩幾粒米，以後的老婆臉上就有幾個麻子。零用錢一定要盡量省著花。永遠要有隔夜糧和隔夜衣，因為天總會有不測風雲的時候……這樣的例子我還能舉很多很多，而且這些教導是終身受用的。我也會傳給我未來的孩子們。

後來爺爺先去世了，接著我出國留學了。於是，奶奶就來到深圳和我爸爸住在

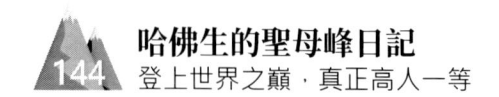

哈佛生的聖母峰日記
登上世界之巔，真正高人一等

一起了。我回國這幾年也是沒事就往深圳跑，看望她老人家。開始幾年，奶奶的身體還挺不錯的，還參加「老人團」出國旅遊呢，我們也時不時一起散步。前兩年，奶奶開始要用輪椅推了，而且上廁所需要人攙扶了。過去一年，奶奶老得特別快，好像一下子就大不如前了。給我的感覺甚至是一天不如一天。以前還坐在椅子上看看電視，現在連坐著的力氣都沒有了，幾乎都是躺著。以前每次接電話聲音聽著一點都不像 80 多歲的人，但現在她幾乎不接電話了，或者是接不動電話了。上廁所的頻率幾乎是每 5 分鐘就一次，無論白天還是晚上。這樣陪護人員也得 24 小時盯著。除了爸爸和我，過去一兩年我們請過 20 多個保姆。她們誰也做不了幾個月，有的甚至幾天就走了。照顧老人確實很累。而且老人看見人家嫌棄照顧她，她自己心裡也肯定不好受。儘管身體每況愈下，但奶奶的意識一直都很清醒。其實這樣對奶奶來說更殘酷、更折磨，說不定糊塗點還能好過些。

爸爸給我詳細地描述了奶奶去世的情景後，我釋然了許多。去世頭一天晚上，爸爸陪奶奶吃完飯，奶奶讓爸爸早點回去休息。當時的奶奶看著一切正常，第二天早上安然離世。就這麼平靜，這麼無聲息地離開了。沒有驚動任何人，也沒有受任何罪。奶奶安詳地去了天國，走完了她 89 年的一生。出生於 1929 年的她，少年時隨外曾祖父一家勇闖關東，經營瀋陽城裡有名的綢緞莊；日本人入侵後，隨我爺爺回到北京，相夫教子；中華人民共和國成立後，參加工作，被調到四川去支援三線建設，並在成都歷經「文化大革命」；1980 年代，被父親接到深圳常住，直至離世。奶奶的一生可謂是見慣了興衰，跑遍了南北。要說遺憾，可能就是我未能在她離開前結婚，讓她看看孫媳婦什麼樣吧。待孫兒有媳婦那天，帶著媳婦一起來看望您！

得知奶奶離世的消息，我心裡的第一個念頭就是「是不是應該立刻中斷登山活動，回國參加奶奶的追悼會？」正當我還在琢磨呢，爸爸給我發來訊息，告訴我奶奶的追悼會和其他後事有他來操辦，要我一定安心登山，不能分神，並附上了一首鼓舞我士氣的詩。

艱苦環境可對抗，自然規律比天剛。人定勝天荒唐事，張弛有度度思量。

慈母安詳升天去，珠峰攀登路敞亮。貴人啓示茅塞開，強民指點陰霾光。

我想奶奶也一定不想看到我挑戰聖母峰半途而廢。最好的告慰奶奶在天之靈的方式就是成功登頂世界之巔。那裡離天國最近，也是最好的告慰奶奶的地方。

望著聖母峰南坡全景，遙寄我心中對奶奶的思念

　　結語：今天得知奶奶剛剛去世，我心裡很是難受。一度想中斷登山，回國參加追悼會。但父親來訊告訴我要定下心來登山，不要有後顧之憂。確實，我想最好的告慰奶奶的方式就是登頂成功。

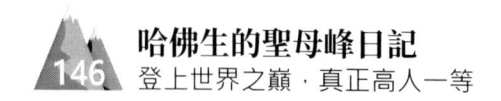

Day 29
乘直升機下到南切休整
2018 年 5 月 3 日

　　訓練結束後，我們將下降到更低海拔的地區進行體能恢復休整。在未來的 7~10 天裡，我們沒有安排任何訓練，唯一的任務就是吃好、睡好，養精蓄銳，準備在重返大本營後以最好的狀態去衝頂聖母峰。在連續 28 天的高海拔的地區徒步、攀冰、訓練後，所有人的體能已經消耗了不少。在如此高海拔地區，就算每天坐著不動，都會消耗身體，更別說我們還一直保持著相當的運動量。最明顯的現象就是每個人都看得出來瘦了。我沒有去刻意稱體重，但褲子大了是顯而易見的。這個時候如果不休整，而是繼續嘗試往上攀登，那真是強弩之末。有些人會覺得費了這麼大的勁才好不容易到了這個高度，現在卻要下撤，然後還要再一次上來，實在是太折騰，還不如就在大本營歇幾天呢。可是，實際上就算是在大本營待著不動也是一種消耗。人體在海拔 5000 公尺以下才有可能吸收營養和增強體力。用通俗的語言說就是，要在低海拔地區休養一段時間，再上山衝頂。

　　我們有兩個地方可以進行休整。第一個地方是海拔 4300 多公尺的龐波切。第二個地方是海拔 3400 多公尺的南切。龐波切離我們更近，下撤更省力省時，同時不用額外花錢，團費裡包括了在龐波切的吃住。但它最多算是個小村莊，連小鎮都算不上，而且 4300 公尺的海拔也不低。南切離我們更遠，下撤和未來返回大本營的時間都會更長，同時團費裡面並沒有包括南切的吃住。但南切可算是尼泊爾喜馬拉雅山區的大城鎮，吃喝商店什麼都有，而且海拔才 3400 公尺，跟拉薩差不多。大家討論一番後，最終決定還是以能最好地調整狀態為目的，選擇去南切休整，儘管還要多

花錢。

　　下撤方式也有兩種可以選擇。一種是傳統的徒步下到南切，全程要兩天時間。另一種是乘直升機下撤，只需要 20 分鐘。不過乘直升機可真是價錢不菲。我們平攤了一下，每人還要 400 美元之多！要知道 2500 元人民幣可以買從深圳到北京的往返機票了！但沒辦法，物以稀為貴，誰讓我們在這聖母峰大本營要坐飛機呢。這時候大家都體力消耗巨大，誰都不想再徒步兩天下山。交這 400 美元就算是給自己買了補藥吧。可是這直升機也是靠天吃飯。沒有雲霧就飛，一有雲霧就停。而大本營附近又經常起霧，所以直升機幾乎就沒有准時過。大伙背著行囊在停機坪乾等著，那也是一種風吹日晒的煎熬啊。一等就是 1~2 小時，還不敢回帳篷。因為有可能你剛回到帳篷，屁股還沒坐熱呢，直升機就到了。你要是錯過了一班，那下一班可就不知道什麼時候再上來了。

　　好容易，我們 5 個人擠上了一架直升機。各自抱著行囊，充分地利用了機艙內所有空間。直升機一路沿著峽谷飛行，兩側都是各種 7000~8000 公尺的大雪山，可惜我都叫不出名字來，慚愧。幾分鐘後，我們飛出了山谷，外面的山也逐漸有了綠色。我迅速地認出了這就是我們前往大本營的徒步路線。羅布切、龐波切、丁波切、天波切，一個個我們之前經過的小村莊都露了出來。從直升機上看，它們之間是那麼近啊！徒步時可真感覺像是走個沒完。想到這，自己不禁樂了起來。很快直升機便抵達了南切。我們徒步 5 天才到達的路程，乘直升機僅僅 20 分鐘便到了。現代科技真是了不起！打開機艙門的第一個感覺就是，熱！我們身上還穿著大本營的標準裝束──羽絨服呢！而這裡比大本營低了 2000 公尺，儼然就是夏天，周圍還有人穿著短褲。這麼一看，我還真有點不習慣。好像 20 分鐘內我們穿梭了兩個季節。我也迫不及待地脫下了羽絨服，涼快涼快。另一個很明顯的反應就是氧氣足。我在大本營經常上不來氣，而且呼吸著呼吸著就昆布咳了，一咳就是半天，咳得停不下來。雖然現在還在咳嗽，但我就明顯感到呼吸順暢多了。這兩個立竿見影的現象讓我突然對未來 7~10 天的休整憧憬起來。起碼可以睡睡安穩覺，洗洗熱水澡了。

　　結語：今天乘直升機下撤到了南切，400 美元一個人，飛了 20 分鐘。我們將在南切進行為期 7~10 天的低海拔地區休整。為重返大本營衝頂聖母峰做準備。

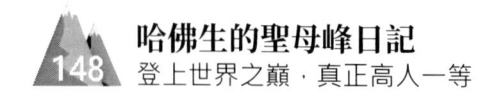

Day 30
「赤腳大夫」治我的昆布咳
2018 年 5 月 4 日

　　按理說到了低海拔地區，所有的高原病就應該隨之消失，至少減弱。不過這個常規現象在我身上似乎沒那麼靈驗。昨天算是多天裡頭一回睡在了床上，而且溫度比大本營高了十幾度，我睡得踏實多了。但早上醒來後，我依舊咳嗽得挺厲害的。從羅布切算起，到現在我已經連續咳嗽十幾天了，而且不見任何好轉。再這麼咳嗽下去，我怕真的會發展成更加嚴重的病，比如說「著名」的肺水腫。肺水腫是最常見的高原病之一，而且主要誘發的病因就是在高海拔地區持續性的咳嗽。嚴重時，體液會倒灌入肺部。如果不及時治療，當肺部灌滿積液時，人會窒息而亡。換句話說，自己被自己的體液淹死了。我越想越怕，覺得登不登聖母峰都是次要的了，性命悠關，絕對怠慢不得。

　　南切只有 1000 多居民，如果在其他國家充其量也就是個村莊。但是在尼泊爾喜馬拉雅山區，南切是當之無愧的重鎮。400 多年前，為了尋求更好的生活，藏族人翻山越嶺，來到了喜馬拉雅山的南側。他們其中相當一部分人就在今天的南切落腳了。經歷了許多代人的生息耕作，南切演變成了今天的樣子。它的海拔與拉薩相似，處於兩山環抱的 U 形凹處，周圍全是針葉林。在高海拔地區，5 月初才算入春，南切是一片綠油油，煞是春意盎然。而且植被繁茂還使得它成為一個天然的氧吧。它的地理位置也相當重要，屬於登山路程中承上啓下的中樞位置。過了南切再往上就沒有商店、沒有銀行、沒有學校、沒有醫院了。這裡是補給線的最後一站。在以前，我從來沒想過會在山區的村莊醫院看病，就更別說在尼泊爾了。但我現在咳嗽

得很嚴重，看樣子不去也得去一趟了。現在不趁著有醫院去治療一下，到再出發時還沒好的話，耽誤了衝頂大計，那就損失大了！

我出了旅館，向上步行了 10 分鐘，便到了南切醫院。所謂的醫院，實際上就是一個診所。一棟兩層小樓，外觀很別緻、很新，周圍打掃得很乾淨，讓人看了願意往裡面進。有些鄉村醫院外面髒兮兮的，看著就不想進去。走進大門，先是一個換鞋廳。為了保持室內的衛生，所有人都必須脫了鞋，換上拖鞋才能入內。進去以後，已經有 5~6 人在排隊等候醫生。沒有人爭先恐後，也沒有人大聲喧嘩，更沒有人抽煙，連打噴嚏都是捂著嘴的。讓我不得不對尼泊爾山區人的素養點讚！在等候區域的正中間，供奉著一副唐卡。這幅唐卡刻畫著一位綠臉的神仙。一問才得知，這位就是藏傳佛教裡的藥神。希望藥神能保佑我早日康復！

南切的診所 　　　　　　　　　　　診所大堂

大概 10 分鐘後，輪到我進診室見醫生了。我完全不知道該期待一位什麼樣的尼泊爾山區醫生。是江湖郎中嗎？是夏爾巴傳統療法嗎？語言上能溝通嗎？誰知坐在桌前的年輕人便是醫生。他貌似 30 歲左右，瘦瘦的，不僅沒穿我們熟悉的白大褂，甚至連襪子都沒穿，就穿著普通的牛仔褲、襯衫、拖鞋。要不是坐在診所裡面，我還以為他也是個病人呢。但他給我檢查起來倒是不含糊。測體溫、看舌苔、量血壓、聽呼吸後，他仔細地詢問了我咳嗽症狀的前前後後。最後，他給我的診斷是典型的昆布咳，沒有其他毛病。而且，他耐心地告訴我這個病他見過很多很多起了，屬於聖母峰常見病。這下我就放心了，未來幾天精心養病就是。他給我開的藥有通

哈佛生的聖母峰日記
登上世界之巔，真正高人一等

150

鼻的、有消炎的、有止咳的、有治感冒的，滿滿當當一大包，光看這麼多藥，不知情的人還以為我是重病呢！不過，這些藥的價格不菲，一共花了我 700 多人民幣，整個診斷過程花了 15 分鐘左右，尼泊爾山區的醫療體驗還挺不錯！

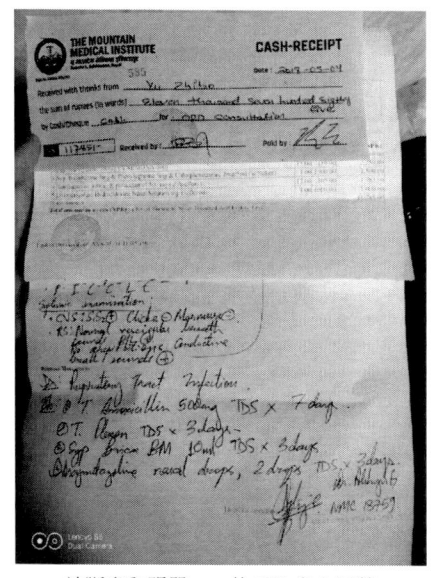

診斷書和賬單，一共 700 多人民幣　　　　　要吃一週的藥

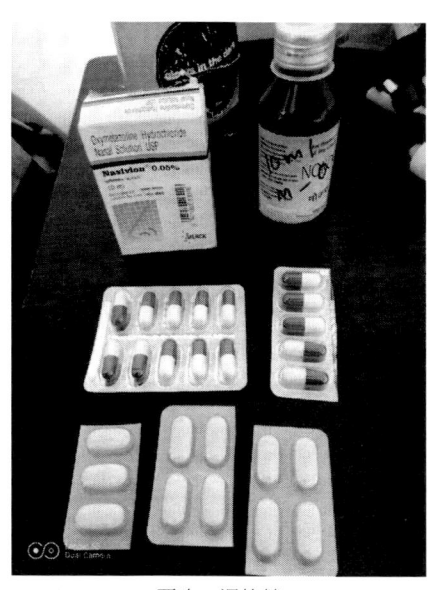

　　不僅是診所衛生，病人素養高，醫生態度好，診室裡面的設施和儀器也很齊全。整個診室的室內設計和裝修非常美式，醫療儀器也全部都是美國的，就連垃圾桶裡面的黃色垃圾袋也是美國的。如果不是為我診治的是尼泊爾醫生，我還以為我在一家美國診所呢！整個診所外觀尼式，內部美式，可謂是尼美結合。一個小小的山區鄉村診所可真是沒少花心思。但我當時也挺好奇這麼個小地方哪來的「重金」進口美國原裝設備。一問才知道，這些全都是美國民間慈善組織無條件捐贈的。就在這個時候，外面突然人聲鼎沸，門口一下子湧進來五六個人，將一位躺在擔架上的病人不由分說地放在了病床上。醫生和他們交流了幾句，回頭給我說，這位先生煤氣中毒了，要搶救，他們今天的診斷只能到此為止。原來整個診所就他一個醫生，大大小小所有病人都由他一個人來處理，而且門口總有人在排著隊。村子小，

他幹得好，鄉里鄉親都誇他；要是幹得不好，村裡人也都知道。這個輿論監督力度估計比尼泊爾國家領導人還大。真是個辛苦活啊！

　　回到旅館後，我按照醫囑，一一服藥，沒幾分鐘就睡著了，連衣服都沒勁脫。這一覺一直睡到了夜裡。我醒來後吃了藥，然後又接著睡，似乎根本睡不夠。晚飯也沒吃。肚子餓了就乾吃幾口當地買的麥片和幾塊自己帶來的沙其馬。

　　結語：保險起見，今天我了去南切村裡的診所，也是整個山區唯一的診所看了病。醫生給我的診斷就是典型的昆布咳，並沒有其他問題。這下我放心了。按照醫囑吃藥，精心養病。鄉村診所的條件和醫生的態度都出乎我意料的好。

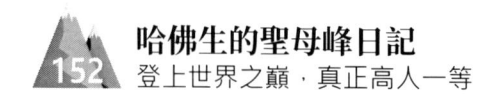

Day 31
買書，看 NBA，品夏爾巴餐
2018 年 5 月 5 日

　　昨天服了藥後昏睡了一宿，直到今天上午 8 點過才起床。雖然還有些咳嗽，但整個人確實感覺精神了許多。過去近 30 天都沒能舒坦地睡覺，昨天這一覺可謂是久違了。起來後第一件事便是洗澡。從上次在大本營洗澡到現在又是七八天了，特別是經過為期 5 天的攀登到三號營地的訓練，幾乎天天是渾身大汗，但又不可能洗澡。現在自己都覺得身上有餿味。這家旅館用的是太陽能熱水器。今天是個大晴天。水溫似乎是跟著陽光的大小來的。水是出乎意料的熱，甚至可以用燙來形容。在山區裡洗個澡，不是冷就是燙，真是有意思。不過能洗個「燙水澡」也很舒服了。這一澡算是讓我徹底回過神來了。

　　今天整體來說是輕鬆的一天。海拔不算高，沒有訓練安排，天氣也特別好。我就去小鎮裡轉了轉。我有一個愛好，那就是逛書店。在南切有許多家登山用品商店，但同時也是書店。幾乎每家大大小小的商店裡都有一個專門的圖書區域。這對我來說真是像小孩掉在了蜜罐裡。不過我發現一個特點，那就是它們賣的書大部分是一樣的。所以一個上午我就幾乎把它們都逛遍了。仔細挑選和對比後，我也有所斬獲，由著名的美國登山家艾德‧維斯特斯（Ed Viesturs）寫的 The Will to Climb。維斯特斯光輝的登山生涯我就不在這裡廢話了。我曾經讀過這位美國歷史上首位登頂世界全部 14 座 8000 公尺以上的頂級山峰的登山家的首部作品 No Shortcut to the Top，很是受其鼓舞，而且也學到不少實實在在的登山知識，同時此書的用詞通俗易懂、風趣幽默，閱讀起來很是痛快。我自己經常會看著看著就哈

哈笑起來。所以這次能讀到維斯特斯的第二本書，也是我非常期待的又一份閱讀大餐。

買書有所斬獲，那麼就得找個配得上此書的地方讀了。南切的另一大特點就是有很多咖啡館。受西方文化影響大半個世紀，南切的咖啡館裡的咖啡可真不錯，再加上些尼泊爾特色的裝飾，真的是尼西的完美結合。我最後挑中了一家叫 Café Brias 的咖啡餐廳。它離旅館很近，下個坡，五六分鐘就到了。他們家的 Wi-Fi 訊號免費提供給客人用，而且訊號特別強。不過最終決定我選擇他們家的原因是他們有一個大電視轉播 NBA 季後賽！五月正好是 NBA 季後賽如火如荼的時候。可在這大山裡別說看電視轉播，就連 Wi-Fi 都時有時無。對於我這個籃球迷來說，看不成季後賽可真算是登山對我的一種折磨。今天路過這家店時，我無意往裡瞄了一眼，居然是火箭隊對爵士隊的比賽。我立刻就走不動路了。從此，這家咖啡店就成了我未來幾天的主要出沒地點。上午邊工作邊看看 NBA，中午與隊友們和來自世界各地的登山隊員們聊聊天、聽聽故事，下午閱讀。這一天過得非常輕鬆、愉快、有收穫。

晚上我和另外兩個隊友一起請我們的幾位夏爾巴協作吃飯。他們挑了一家非常地道的夏爾巴菜餐廳。我們幾個中國人也挺期待去試試正宗的夏爾巴菜是什麼味道。餐廳的內部裝修很像藏式餐廳。很多圖案和擺設在我看來和西藏是一模一樣的。當期待已久的大菜上桌時，我仔細看了看。一共三樣菜，同時上的，一張土豆烙餅，一盤白麵花卷，一碗蔬菜湯。土豆烙餅上塗滿奶油，然後像切蛋糕一樣切成一塊塊地吃。花卷沾著番茄醬吃。吃烙餅和花卷時配著蔬菜湯。這就是正宗的夏爾巴餐了。頭一回這麼吃烙餅塗奶油，頭一回用花卷沾番茄醬，感覺挺新鮮的，但我估計吃一次就差不多了。

花卷蘸番茄醬和蔬菜湯

塗滿奶油的烙土豆餅　　　　　　我們的夏爾巴協作拉傑斯
　　　　　　　　　　　　　　　在教我們正規的烙土豆餅吃法

　　結語：昨晚吃過藥後，今天一覺醒來感覺身體狀況好多了。今天沒有訓練安排，我去淘了本好書，並且找到了能看 NBA 的咖啡廳。輕鬆，愉快，有收穫的一天。

Day 32
世外桃源——騰真諾爾蓋的家鄉
2018 年 5 月 6 日

> 騰真乃英雄，首登第一峰。阿帕稱豪傑，久居記錄頂。
> 前輩道路拓，後人砥礪行。欲成大聖事，老君爐火中。
>
> ——于星垣

今天是下山來到南切休整的第五天。前幾天我覺得人懶懶的，不想動，就想歇著。但儘管還是有些咳嗽，我今天已經開始有些坐不住了，想去出出汗，活動活動。在和另外幾位隊友商量後，我們一致同意去附近的塔美村看看。塔美村距離南切大概 2 小時山路。來回 4 個小時，是個很理想的活動筋骨的去處。而這個僅兩三百人的小小山村可真是來頭不小，而且其在尼泊爾的地位舉足輕重。大名鼎鼎的藤真諾爾蓋和阿帕夏爾巴都來自於塔美村。

任何關注聖母峰攀登的人都不會不知道藤真諾爾蓋。他出生於西藏，幼年隨家人翻山越嶺來到今天的塔美村，並成長於此。後來，他移居到今天印度的大吉嶺。擁有印度和尼泊爾雙重國籍的藤真，在 1952 年協助瑞士登山隊到達 8600 米的珠穆朗瑪南峰。雖然登頂聖母峰未果，但已經創造了當時的人類最高海拔記錄。次年，也就是 1953 年，藤真協助英國登山隊，歷經艱辛，最終於 5 月 29 日成功登頂珠穆朗瑪峰。他也成為人類歷史上的首位登頂者。從此，藤真諾爾蓋名聲大噪，多次出國授勳和領獎。他儼然成了夏爾巴民族的英雄和尼泊爾的國家形象大使。可以很負責地說，沒有藤真諾爾蓋首次登頂聖母峰的英雄事跡，整個夏爾巴民族根本就不為人知，尼泊爾國國際地位也不高。藤真諾爾蓋對夏爾巴民族和尼泊爾的影響到今天

哈佛生的聖母峰日記
登上世界之巔,真正高人一等

依舊深遠。尼泊爾自己國家的戶外服裝品牌就叫夏爾巴牌。在山區很受歡迎的一種能量飲料就叫藤真牌。藤真諾爾蓋當年登頂的照片那更是有如關帝一般,被幾乎每個店家懸掛在明顯的位置。因為他們發自內心地為藤真的壯舉感到驕傲。

在登山圈與藤真諾爾蓋齊名的另一位英雄式人物便是阿帕夏爾巴。阿帕的名氣比起藤真來要小很多,但在我看來他的成就卻一點不比藤真小。阿帕登頂過21次珠穆朗瑪峰。21次!登頂聖母峰次數最多的世界記錄保持者(後來被卡米夏爾巴打破)。聖母峰每年只有5月是登頂開放期,其他時間都由於自然條件惡劣而無法攀登。人的體力在每年的開放期最多嘗試攀登一次聖母峰。也就是說阿帕的21次世界記錄是經過至少21年的堅持才取得的成就!登山者都知道,不是每次登山都能登頂的。更別說是攀登世界之巔。所以,我幾乎可以斷定阿帕的21次登頂用了超過21年的努力。世界上絕大部分人連看一眼聖母峰都很難做到,就更別說嘗試攀登了。光想一想,我都覺得阿帕的21次登頂讓我頭皮發麻。太難!太了不起了!

一個最早,一個最多。兩位聖母峰攀登史上殿堂級的人物居然都來自這小小的塔美村,這個村子真可謂是藏龍臥虎啊!直到今天,塔美村依舊保持了很強的登山傳統。在夏爾巴協作和嚮導隊伍裡,有不少人就是來自塔美村。而且他們對自己的家鄉非常自豪。每次自我介紹時,除了姓和名,他們往往還要加上一句「我來自塔美」。來自塔美村的夏爾巴人似乎已經成了攀登聖母峰的夏爾巴中的「貴族」。在瞭解到這些歷史和信息後,我對塔美村產生了非常濃厚的興趣。到底這個「貴族」村長什麼樣子呢?真有點迫不及待。

從南切出發,沿著山路向東徒步。塔美的海拔與南切相仿,所以一路上沒有什麼上坡,幾乎都是平路。而且一路都是在森林裡面徒步,既不用被太陽曬,氧氣又充足,溫度也很怡人。同時由於塔美並不在大部分商業徒步路線上,所以幾乎沒有什麼人。走起來很舒服,真有點逛公園的感覺,而且是包場獨享。由於海拔高,山上的季節比平原地區來得晚。五月的平原已經進入初夏,但這裡才剛剛開始入春。滿山的野花盛開,以白色和紅色為主。放眼過去,整個山就像是披上了一層嶄新的花衣裳。山路兩旁的野花則像是為了迎接我們入村而特地盛裝出席的迎賓隊伍。小

溪、青山、野花、藍天、白雲，塔美村真乃尼泊爾喜馬拉雅山區的世外桃源。我也瞬間明白為何數十年前藤真諾爾蓋一家跋山涉水最後落地生根在這裡。

有山有水的塔美村　　　　　　　　　　世外桃源

愉快的塔美村徒步一日行很快就結束了。回到南切的旅館後，我馬不停蹄地又遠程工作了 3 個小時。工作的效率很高，我的狀態也很好。勇於挑戰、堅持不懈的藤真和阿帕都是我的榜樣。在「朝拜」塔美村後，我工作起來更有動力了。不過說實話，多年在聯想集團的全球性工作已經讓我習慣了無論什麼在地點，都要抓緊所有零碎時間，高效率、靈活地工作。記得有一年年末，我們做了一個小統計。不算地面交通，不算私人飛機，僅僅是民航客機，一年之內，老闆和我各自飛行了 386000 公里。這是什麼概念？也就是一年之內幾乎繞了赤道 10 圈。或者，從地球飛到了月球，再折返了一點（地球與月球之間的距離是 384400 公里）。在這樣高頻率、長時間的差旅任務下，還要保持日常工作照常運轉。這就是對一個世界 500 強高層的基本要求之一。在那樣高強度、高要求的環境下歷練了五六年後，現在創業期間，哪怕在聖母峰腳下，我面臨邊工作邊登山的挑戰時似乎也就少了分手忙腳亂，多了些有條不紊。這次攀登聖母峰，我也背負著在聯想集團 35 年歷史上，將其旗幟首次帶上世界之巔的厚望。

儘管效率高，工作完之後也已經快 6 點了。太陽下山了。這也意味著我錯過了洗熱水澡的時間。今晚就只能用冷水擦擦，湊合著睡了。那可真叫冰冰涼啊！

結語：今天恢復性地徒步了一天，去了著名的聖母峰攀登小村塔美。那裡是人

哈佛生的聖母峰日記
登上世界之巔,真正高人一等

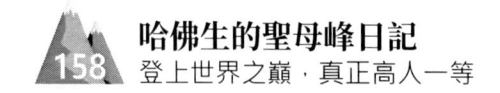

類首次登頂聖母峰的英雄藤真諾爾蓋,和 21 次登頂聖母峰的世界紀錄保持者阿帕夏爾巴的家鄉。山區春意盎然,景色很美。

Day 33
奶奶，您走好
2018年5月7日

智博祈禱雲霧中，思念奶奶恩情重。高僧為之有情義，經幡舞動顯神靈。

此去衝頂多艱險，先人護佑舔犢情。天時地利似流水，固若磐石人和命。

——于星垣

今早我居然被陽光「叫醒」了。南切的天氣一般是下午才有太陽，早上都是雲霧繚繞的。拉開窗簾，一座壯美的雪山映入眼簾。原來南切對面常年被雲彩遮住的山峰是這麼的雄偉。藍天綠樹、驕陽雪山，今天的天氣太棒了！今天是奶奶過世的第七天。我決定去山上的南切寺祭拜奶奶。

窗前壯美的雪山（圖右下角是南切寺）　　　南切寺外景

南切寺雖然沒有天波切寺出名，但也有百年的歷史了。再加上南切本身在喜馬拉雅山區的重要地理位置，使得南切寺也成了喜馬拉雅山區香火最旺的寺廟之一。它位於南切鎮U形佈局的最右側的最遠端，也幾乎是最高點。在寺廟可以把 南切的

哈佛生的聖母峰日記
登上世界之巔，真正高人一等

全景盡收眼底。不少徒步客專門來到南切寺倒不是為了上香祈禱，而是取景攝影。南切寺本身也維護得很好。紅牆金頂、轉經筒、五彩經幡，一看就知道時常有人照料它。寺廟外圍被野花環繞，更平添了幾分仙氣。推門進去，怪了，平時香客信徒絡繹不絕的南切寺今天居然就我一個人，似乎是為我準備的專場。我一個人坐在大殿外面的長凳上，雙臂交叉，低著頭，默默地回憶起奶奶來。除了我自己的呼吸聲，就只有隨風飄起的經幡聲和時不時響起的轉經筒鈴聲。懷念著、回憶著，小時候的一幕幕都重現在眼前，不知不覺眼淚便從我的臉上淌下來了。

這時候一隻大手忽然扶在了我肩上。我抬頭一看，原來是一個面目慈祥的大喇嘛。他不會講中文，也不太會英文或者葡萄牙文，而我不會藏語或尼泊爾語，但語言上的障礙居然沒有影響我們溝通。他用最簡單的英語配合肢體語言問我為何流淚。我說「奶奶走了」，同時用手指了指天上。我越說越激動，覺得在她老人家離世前我居然不在她膝下，沒有見到最後一面，出殯時我也不在，作為長孫獨苗的我非常自責和慚愧。說著說著，我哭得更厲害了，眼淚根本止不住地往外湧。彷彿前幾天奶奶去世的消息我還沒緩過神來，到了今天才真正意識到她真的已經走了。不知大喇嘛是否全聽懂了，但顯然他明白我有親人剛剛去了天國。他一把把我擁入懷中，一手拍著我的背，一手摸著我的後腦勺，安慰著我說：「這是所有人的必經之路。你奶奶是去了更快樂的地方了，那裡沒有痛苦。你應該為她高興才是」。說著說著，幫我抹去臉上的淚水，然後額頭對額頭地與我站著，並唸了一段佛經。我想他是在幫我超渡奶奶吧。奶奶在天國也應該能聽見我們的聲音，感受到我的思念。我長這麼大還從來沒有過這種經歷。今天和這位素不相識的異國大喇嘛，在語言不通的情況下，我們反而是真正的心靈相通。這種感覺很奇妙！

奶奶

大喇嘛看我逐漸止住了淚水，便問我為何來此。我告訴他我是為了攀登聖母峰而來。他聽後，上下打量了我一下，拉著我的手，帶我來到殿內，然後給了我三樣東西。一條哈達（用長方形絹布製成的禮敬法器），一根紅繩，一把穀粒。哈達是放在背包裡，可以光照所有裝備正常工作，不出意外。紅繩是繫在我脖子上，保佑我一路平平安安。穀粒是貢給妖魔鬼怪的。他們要是想找我麻煩，現在吃了穀粒就會心滿意足地離開了。然後，大喇嘛又雙手合十地握住我合十的雙手，唸了一段經，說這三件東西會保佑我一路平安。這分文不取的三件真正開過光的寶物，我一直留在身邊，就連睡覺時都帶在身上。在尼泊爾這樣的宗教國家，在喜馬拉雅山區這樣的佛教聖地，在奶奶去世七天的祭日，我能有機會在雪山腳下的百年古剎裡，與萍水相逢的大喇嘛心連心地超度奶奶，並祈禱我登山順利平安，實在是既意外，又幸運。從今往後，我登頂聖母峰的慾望更強了，心理包袱更輕了，信心更足了！

　　結語：今天是奶奶去世的第七天。我專程來到南切寺悼念奶奶。偶遇一位大喇叭，他見我淚流滿面，便和我一起超度奶奶，並贈予三件開光寶物，保佑我登頂成功和平安下撤。我很感謝，很感動，也很感恩！

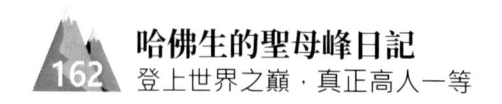

Day 34
開始閒不住了
2018 年 5 月 8 日

> 高寒狂風一月間，雪崩地裂瞬即現。風風雨雨輪番出，磕磕絆絆隨時見。
> 恐怖冰川不恐怖，艱險絕壁虛艱險。千錘百鍊出精品，深思熟慮無極限。
>
> ——于星垣

今天早上醒來，我感覺身體狀況比昨天更好了。下山休整以來，確實能感覺到身體一天比一天好。最明顯的跡象就是「昆布咳」基本上消失了。這對我來說是非常喜人的轉變。只有盡可能地把身體狀況調整到最佳狀態才有登頂的可能。這一週在南切的休整太重要了，而且現在效果越來越明顯。我不咳嗽了，心情大悅，決定今天自己給自己上量訓練，同時完成一個去年徒步時沒有完成的事情。在離南切大概 2 小時步行之遙的地方，有一座號稱是世界上最高的星級酒店。聖母峰觀景酒店座落於南切後山海拔 3998 公尺的地方。這個酒店除了海拔高，還有一個無可比擬的特點，就是可以遙望到聖母峰。在如此高的海拔，可以邊喝咖啡邊欣賞聖母峰，可謂全世界獨一無二。儘管這家酒店每晚的價格有幾百美元之高，它還時常客滿。我今天的自我訓練目標就是徒步往返聖母峰觀景酒店。去年徒步去聖母峰觀景酒店時，剛好趕上大霧，壓根就看不見聖母峰的蹤影，敗興而歸。今天陽光明媚，希望聖母峰能給面子露個臉。

這是我第二次徒步前往聖母峰觀景酒店。同樣的山路，但這次與上次的感覺是截然不同的。我清晰地記得 2017 年 10 月去聖母峰觀景酒時我是氣喘吁吁、步履蹣跚。費了九牛二虎之力才抵達。而今天，我不僅呼吸順暢、步伐穩健，而且覺得

挺輕鬆的，沒費什麼勁。連我自己對這種差別都暗暗驚訝。看樣子在聖母峰大本營的訓練和最近一週的休整確實有效果。身體不僅緩過勁來了，而且更強壯了。一路上，我都在超越前面的徒步者。而且，好幾次他們氣喘吁吁的休息的時候，我覺得根本還沒開始呢。看著他們就好像看到了去年的我。一般要 2 小時的行程，我僅用了 1 個半小時就到了。這還是包括了在路上駐足遙望阿瑪達布朗峰並拍照留念的用時。到了聖母峰觀景酒店後，我也完全沒有累感，而是覺得怎麼這麼快就到了！

今天的天氣格外好，能見度非常高。遠處的聖母峰一覽無遺。似乎老天爺加倍償還了我去年的無功而返，徹底滿足了我的心願。為了省錢，我就點了一杯蜂蜜茶，滿足酒店的最低消費要求。邊喝著熱茶，邊遙望著聖母峰，此時我的心情既平靜又凝重。平靜，因為我已經多次在更近的距離看見她聖潔的容顏了。凝重，因為我想大概一週之後我就真的要去挑戰和攀登她了。她是那麼遙遠、那麼巍峨，高聳入雲，我真的上得去嗎？會有什麼樣的困難等著我呢？高原反應會不會再次出現？咳嗽會不會反覆呢？能安全順利嗎？世界之巔離我很遠，但又離我很近。真有點不可思議。

從聖母峰觀景酒店的平台遠眺聖母峰

哈佛生的聖母峰日記
登上世界之巔，真正高人一等

圖中的「黑饅頭」就是聖母峰　　　　　　　和聖母峰合影

　　這時，我忽然聯想起了 11 年前報考哈佛的場景。當時的哈佛對我來說又何嘗不是一座珠穆朗瑪峰呢？哈佛大學是普世公認的世界頂級學府。全世界的英才都趨之若鶩。各國的「狀元」、「榜眼」們都削尖了腦袋想成為其中的一份子。而我一個成績平平的「中等生」怎麼可能有機會呢。但是哈佛是我當時的夢想，儘管起點如此低，我也要為了夢想全力一搏。2002 年 11 月，我作為遊客去哈佛旁聽了一堂課，打算先感受感受氣氛，試試我能否聽得懂。2017 年 10 月，我作為徒步客徒步去了尼泊爾聖母峰大本營，攀登了 6200 公尺的島峰，先試試自己的能力，熟悉熟悉當地的生活方式、飲食、民俗等。2003—2006 年，我在工作崗位上全力爭取，在工作之餘積極組織和參加各類社會公益活動，同時費了九牛二虎之力三考 GMAT，攻下了我哈佛路上最大的軟肋。2017 年 11 月至 2018 年 3 月，在平原地區進行嚴格的體能和力量訓練，在四姑娘山進行技術訓練，在大本營訓練，在羅布切峰訓練，在一號營地至三號營地訓練，經歷了發燒、感冒、昆布咳、背痛、高原反應，好像要經歷九九八十一難方能成佛，終於做好了最終衝頂聖母峰的準備。2007 年 1 月 7 日凌晨，我收到了哈佛商學院的錄取通知書，多年從未流淚的我當時是喜極而泣，一個夢想終於實現，一個曾經的中等生居然被哈佛錄取，不可思議，這讓很多人都大跌眼鏡，包括我父母。2018 年 5 月中旬，我這個僅僅登過一次雪山，而且從未登過 6200公尺以上雪山的絕對「菜鳥」將要「三級跳」直接挑戰 8848 公尺的世界之巔——珠

穆朗瑪峰。幾乎所有人都認為這是不可思議、不可完成的任務。結果如何，咱們拭目以待！難度越大，越有吸引力；越不可思議，越要去嘗試挑戰。我就是這麼一個人。

茶喝完了，聖母峰遠眺夠了，下午回到了旅館。拿起之前淘的 The Will to Climb 就直奔 Café Brias 了。我在那裡又度過了一個下午。從閱讀中獲得知識，從先人的經驗中吸取養分，在歷史的學習中強大自己。讀完了這本由美國登山家 Ed Viesturs 寫的書後，晚飯前，我又去買了另一本書 The Climb，由 1996 年山難的另一位主角，也是 Into Thin Air 裡的主要反派角色，哈薩克斯坦著名登山家波克耶夫所著。凡事都有雙面性，不能只聽一面之詞。登山也是如此。一場震驚世界的山難也有兩個不同角度的解讀。之前多次認真閱讀過大名鼎鼎的 Into Thin Air，現在也很想看看書中的反派角色是怎麼看待那次山難的。作為讀者，我有點像是在讀一部長篇紀實小說，但又出自兩位觀點截然不同的作者。這種感覺也有點像是一個偵探，在仔細研究、對比和分析兩方對同一案件的供詞。這種閱讀真是引人入勝、樂在其中、好不痛快！

由於這幾天幾乎每天都來光顧 Café Brias，那裡的老闆已經成我的好朋友了。今天下午他的店裡來了一位特殊的客人，他也把這位客人引薦了給我。這位客人就是大名鼎鼎的當代美國登山家康納德·安科爾先生。他成功登頂各種世界頂級山峰的事跡自然不用說了，而且他還是多部登山紀錄片、歷史片、甚至科教片的主角。同

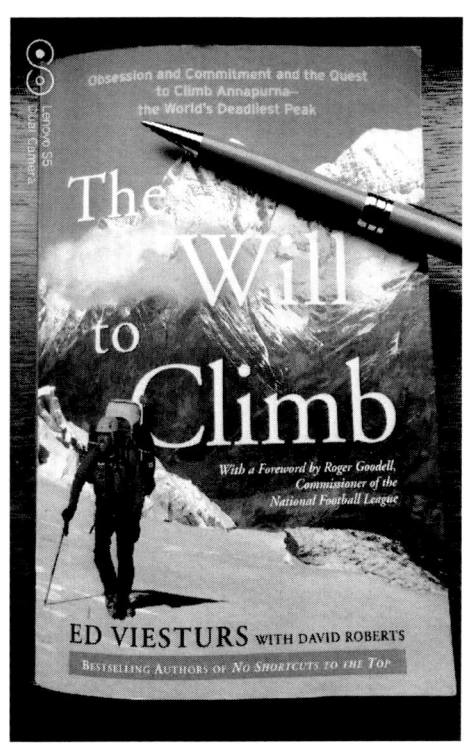

又讀完一本與聖母峰相關的書 The Will to Climb

哈佛生的聖母峰日記
登上世界之巔，真正高人一等

時，他也是一位積極參與公益活動的慈善人士。身高185cm，金髮碧眼。要臉蛋有臉蛋，要成就有成就，要人氣有人氣。把他比喻為現代登山界的貝克漢一點也不足為過。但出乎我意料的是，這樣一位大神級的人物竟然無比地平易近人。安科爾先生和我握手、聊天、合影，絲毫看不出來他的大牌。反而他對我這個「菜鳥」居然要挑戰聖母峰很感興趣，問了我足足10分鐘。然後給我些作為前輩的叮囑和同為登山者的鼓勵，最後來了個大拇指，讓我有點受寵若驚。這就是真正的前輩的氣質。不是靠外表，不是靠小聰明鑽空子，更不是靠關係，而且靠實力，靠一步步扎扎實實地向上攀登，靠一覽眾山小、容納百川的胸懷。想不佩服他都不行，我也成為安科爾先生的粉絲了。祝他好運！

與康納德·安科爾夫婦合影

結語：今天自己給自己加量訓練來回了一趟聖母峰觀景酒店。2017年來此由於大霧未能一睹聖母峰。今天萬里無雲，聖母峰一覽無遺，算是了了個心願。下午在讀書時，偶遇世界登山大神，康納德·安科爾先生，被他的平易近人所折服，這才叫真正的大牌！

Day 35
提前啓程徒步回聖母峰大本營
2018 年 5 月 9 日

　　今天是至今為止在山區度過的最漫長也是最有趣的一天。早上起來，已經在南切休整了一週的我有些無所事事，坐不住了，想徒步回到大本營。但當時我並沒有決定到底要不要今天就啓程，而是去 Sherpa Barista 餐廳看了金州勇士對陣新紐澳良鵜鶘的 NBA 季後賽。金州勇士隊擁有多位明星球員，庫里、杜蘭特、湯普森、維斯特，等等，但作為密西根州立大學的校友和終身鐵桿球迷，勇士隊的 23 號、全明星球員、攻防核心，追夢格林才是我的最愛。身高剛剛過 200 公分的格林，即能擔當中鋒，又能客串控球後衛，還能對位大小前鋒。籃板球、蓋火鍋、搶斷、助攻是他的看家絕活；擋拆、快攻、中投、內線強打他也不在話下；時不時地在關鍵時刻還有一手三分球。所以，他經常性地拿三雙（雙位數得分、籃板、助攻）。除了這些可以由數據統計的貢獻外，格林還是全隊強力膠、潤滑劑、萬金油。各大明星隊友在他的「領導」下，不僅不單打獨鬥，反而無私協作，真正凝聚在一起發揮出團隊的最大力量。就連勇士隊的主教練，也是當年喬丹 3 次奪冠的隊友，史帝夫·科爾也稱格林為「場上的教練」。但如果對陣這樣一位全能型的靈魂人物，那可就慘了。格林球風彪悍硬朗，又善於打心理戰，常常把對方球員挑釁得心煩氣躁，發揮失常。隊友愛死他，對手恨死他。格林就是這麼一位全能型明星球員。

哈佛生的聖母峰日記
登上世界之巔，真正高人一等

格林在密州大

格林在勇士隊

除了球技，我全力支持格林還有一個重要原因，因為我們都是密西根州立大學的校友，都是斯巴達人（Spartans）。密歇根州立大學（後文簡稱密州大）和密西根大學可是兩所完全不同的大學。密州大的學生們和校友們都有一個特質，就是非常「藍領」。藍領代表著兢兢業業；藍領代表著踏踏實實；藍領代表著勤勤懇懇。一步一個腳印，不畏艱險，穩步向前，從不相信一步登天，這是密州大的校友們共同的特質。格林也不例外。作為當年美國 NCAA 大學生聯賽的最佳陣容成員，格林被絕大多數 NBA 球探認為是「四不像」。不像中鋒，不像後衛，不像得分手，也不像鐵閘，非常不被看好。最後，他第二輪才被選中，然後打了兩年的替補。但這些負面看法並沒有把格林打倒，反而這些質疑成了他更加刻苦訓練的動力。四年內獲得三次 NBA 總冠軍的成績已經讓所有的質疑不攻自破了。格林不僅僅是一名明星球員，更是一個活生生的勵志榜樣，一名典型的密西根州立大學斯巴達人！今天他又一次幫助勇士隊取得勝利，並拿下三雙。

吃了一個漢堡後，我又工作了一陣，發現才 11 點半。那整個下午幹嘛呢？接著休整？我都已經在南切待了整整一週了。所以就在那個時刻，我即興決定今天就啟程徒步回聖母峰大本營！第一，我已經休整了一週了，足夠了；第二，徒步回大本營有助於恢復體力，要不然久了不動都疲懶了；第三，徒步的話就可以省下 450 美元的飛回大本營的乘直升機的錢，雖然預算是可以支付的，而且其他隊友都坐直升機返回，但我依舊真的捨不得花這個錢。出發前，我又去了趟小村診所。止咳藥吃

完了，但我還是有點咳，所以再開些藥帶著為好。有了上次的經驗，這次我已經準備好了又要花好幾百人民幣的藥費。但沒想到，這位全村唯一的醫生一聽我即將出發開始嘗試攀登聖母峰，他就把我的藥費變成了尼泊爾人的收費標準，一共才140盧比，也就是說不到10元人民幣！我不好意思地著看著他說：這不太合適吧？他卻一本正經地告訴我，這算是他為我攀登聖母峰的一點貢獻，祝願我登峰成功！在我臨出診所大門時，他還給我塞了一把維他命C片，並叮囑說一天一片有助於肺部黏膜恢復。萍水相逢，如此真誠，我很感動，同時又多了一份動力！

在旅館退房時，我才突然發現自己的背包有多沉，40~50磅（1磅約等於0.45千克）肯定是有的。我很納悶，自己已經一再精簡，怎麼背包還那麼重？！不過轉念一想，就當是負重訓練吧。下午1點15分我正式離開南切，出發前往大本營。這是我第三次走這條路線了，挺熟悉的。我的步伐也挺快，一路上心情不錯。正當一切順利的時候，尼泊爾的山區檢查站出了個小插曲。隔三差五的尼泊爾軍方在登山路線上設置了崗哨，檢查每一位徒步客和登山客的入山許可證，還真是人人必查。但我們

臨行前，南切村診所唯一的醫生
在藥神前，祝福我登峰順利

的許可證都是由夏爾巴領隊統一保管的，而且都留在大本營呢。我也沒拍個照片。這確實是我的疏忽！哨兵既不講中文也不講英文。我又打手勢又找過路的夏爾巴當臨時翻譯，解釋了半天，人家還是不放我過去。努力了好一陣，我終於借到了一個好心的過路夏爾巴背夫的手機，然後打電話給大本營的夏爾巴領隊，但大本營的手機沒訊號。怎麼辦？後來，又打電話給了登山公司在加德滿都的辦公室，終於那裡的工作人員提供了證件號碼。我以為這就可以過去了。但那個哨兵對著我說了一通

哈佛生的聖母峰日記
登上世界之巔，真正高人一等

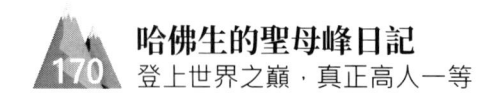

尼泊爾語夾雜著幾個英文單詞。我就聽懂了「phone call」「charge」「money」幾個詞。然後，我看他拿著我的護照左右手比劃了幾下，大概明白了他的意思是要給錢，才還我護照。哈哈，我心想這還挺有意思的，在尼泊爾大山溝裡遇上了「此路是我開，此樹是我栽，要想過此路，留下買路財」的「路霸」。那我應該給他多少呢？他不是說幫我打了幾個電話有費用嘛，那我就給他電話費吧，100 盧比，也就是 1 美元。他拿到後，想了一下，手一揮，讓我過去了。（很想把那小子拍下來，但崗亭嚴禁照相）

在此處耗了 40 分鐘，還有一個半小時的山路要走。山裡天黑得早，我開始有點擔心要走夜路。由於天色已晚，這一個半小時的山路上，我只遇到了一位下山的背夫。往常「車水馬龍」的經典徒步路線現在鴉雀無聲，彷彿整座大山裡只有我一個人。起初還挺興奮的，但隨著天色漸漸轉暗，大山開始顯得有些陰森。此地不宜久留，還是趕快走吧！終於，傍晚 6 點過，走得渾身大汗的我趕到了天波切村，是當天最後一個到此的客人。

傍晚，終於抵達天波切村

正當我想終於可以好好休息一下時，旅館老闆告訴我「對不起，已經客滿」。我連跑了兩家旅館都客滿。真沒想到這天波切村的客房這麼火爆啊！不過確實我也到得太晚了。一般人都是下午兩三點就到了。看樣子我只能試試當地村民家或者去喇嘛廟借宿一宿了。我正要離開時，旅館老闆娘來了句「你是不是去年住過我們這裡？」2017年10月來徒步時，確實住過這家旅館，但我怎麼也不敢想像老闆娘居然還有印象。她說我是她這裡個子最高、眼睛最大、眉毛最濃、英語最好的中國客人，所以印象挺深，如果我不嫌棄的話，可以今晚就睡在他們餐廳的長椅上。其實，山裡的慣例就是，登山客們住房間，而他們的夏爾巴背夫們就在餐廳裡湊合著睡。那我今晚也就享受一下夏爾巴背夫的待遇吧。這還有一點好處，就是睡餐廳免費。又省了！

感謝老闆娘

　　住宿終於有著落了，現在開始忙活吃飯了。我點了一盤炒飯，580盧比，也就是40人民幣，夠貴的，但實在，能吃飽。為了省錢，我連飲料都沒點，向老闆討了一大杯白開水。一瓶白開水300盧比或20元人民幣，又省了。和我併桌吃飯的也是一位獨自徒步者，於是我們兩人便聊了起來。不聊不知道，一聊嚇一跳。此君名叫大

哈佛生的聖母峰日記
登上世界之巔，真正高人一等

衛（Dave），曾在加拿大特種部隊服役 10 年。退伍後，開始周遊世界。曾經是狙擊手的他，曾在巴爾幹半島、海地、剛果、盧旺達及南美多國執行任務。一看照片，就跟電影裡面的鏡頭似的，太威猛了！而他對我即將攀登世界最高峰也是極其感興趣，問了不少問題，並讓我保證無論登頂與否都給他發張我與聖母峰最近的合影。我是他人生中認識的第一個即將挑戰聖母峰的人。好像即將上戰場的勇士，他覺得我們兩個彼此彼此。當然，我覺得大衛他 10 年的服役生涯，特別是真刀真槍地出生入死過，比我攀登聖母峰要值得尊敬得多。

同為路上人的獨自徒步客大衛

曾經是加拿大特戰部隊狙擊手的大衛

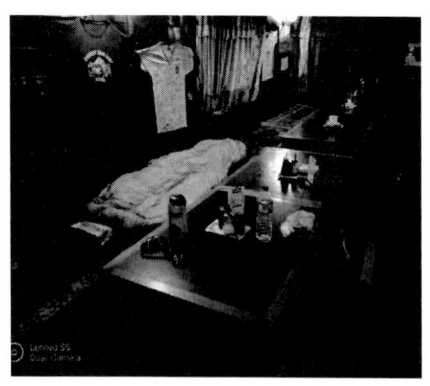

今晚就和夏爾巴背夫們一起睡餐廳了

我們邊吃飯邊聊天，一晃 3 個小時過去了。餐廳要打烊了。當大衛得知我沒房間睡覺時，便邀請我睡他房間的另一張空床。但我婉言謝絕了，畢竟出門在外要多留神，況且我還挺想體驗一下夏爾巴背夫的待遇呢。不到 10 點，燈全熄了。我鑽進了探路者牌的零下 15 度高海拔睡袋，三本書疊起來當枕頭，閉上眼睛，開始美美地回味這難忘的一天。

Day 36
省吃儉用
2018 年 5 月 10 日

身殘志堅爬行者，喜馬拉雅有豪情。無須理論莫說教，吾輩自當奮力行。
大巴大巴食無味，乾嚼麥片是實情。藏龍臥虎小旅館，精神力量乃無窮。

——于星垣

今早，我還在美夢中，忽然被一陣陣盤子、碗、鍋的碰撞聲「叫醒」了。原來是餐廳老闆一家正在開門開火，開始給客人們準備早餐了。我眯著眼睛看了一眼錶，還不到 6 點。晚上 10 點關門，早上 6 點開門，接著又要忙碌一整天，真是辛苦啊！在世界各個角落都有為生活而奔波勞碌的人，即使在偏僻的喜馬拉雅小山村，亦不能免俗。祝勤勞、善良的老闆一家幸福、健康！

今天的目的地是海拔 4700 公尺的圖卡拉（Thukla）。圖卡拉不是一個村子，而且由兩家旅館組成的一個很小型的休息站。一般來說，過了天波切村後，徒步客或登山客們都會選擇下一站住在丁波切村，而不是圖卡拉，一般在那裡喝杯茶吃點東西就繼續往前進了。但我的計劃是明天就要趕到大本營，也就是要把一般人四天的路程用兩天就走完，所以我今天需要趕到圖卡拉。這對我的體能來說是一個小測驗，也有一定風險。一是從天波切穿過佩爾切村再到圖卡拉，和從天波切到丁波切是兩條不同的路線。我並沒有走過前者。其地形如何，障礙在哪裡，分岔路口在哪裡，我一概不知。只有去了才知道。二是如果我高估了自己的體能，天黑前走不到圖卡拉，那我可就真的身處前不著村後不著店的荒山野嶺了。

為了省錢，但又不犧牲必要的營養和熱量，我現在的早餐標準就是自己制定的

哈佛生的聖母峰日記
登上世界之巔，真正高人一等

食譜：乾嚼麥片、6個乾杏和一大杯白開水。而且麥片和乾杏都是我在南切就買好，一路背著走。海拔越高，東西越貴。連白開水的價錢都翻倍了。吃好了自帶早餐，早上8點45分，我出發了。今天山上一反前兩天的陽光明媚，一直下著小雪。只要一停下來就得立刻加衣服。一路上我不停地超過走在我前面的徒步客。其實我並沒有刻意加快速度，但我的正常速度就已經比路上遇到的人快了。再次佐證訓練和休整有效果。走到一個山谷，要過一條小河時，我突然意識到有條河是去佩爾切和丁波切的岔路口。向同路的夏爾巴人一打聽，果然我正在往丁波切前進，已經走錯了一小段路。在高海拔地區，每一絲一毫的體能都是寶貴資源，最怕的就是走冤枉路。事已至此，沒辦法，只好走一段回頭路。但好在我沒有傻乎乎地一直往前走，還算頭腦清醒，察覺得早。

每天的自訂早餐：乾嚼麥片和乾杏

大概12點45分左右，我抵達了中途村子，佩爾切。這時我知道今天下午到達圖卡拉應該是沒問題了。所以，我放下沉重的背包，選了一家看著挺乾淨的餐廳吃午飯。我發現山區裡的所有餐廳都差不多，就是炒飯、炒麵、饃饃、土豆、咖喱那麼幾道菜。我幾乎不用看菜譜都能點菜了。不過今天我點了一道我還從未吃過的菜，叫大巴（Dahba）。這道菜其實很有名，是典型的尼泊爾民族菜。全尼泊爾各地的餐廳都有賣大巴的。它是由米飯、豆湯和咖喱組成的，搭配著吃。其實，味道一般，至少我不覺得有什麼出彩之處。但是，它有一個其他菜無法比擬的優勢，那就是白米飯隨便續，直到吃飽了為止。對於一路省吃儉用的我來說，白米飯管夠真是個喜訊。老闆，再來一碗飯！

大概兩點左右，我離開佩爾切，繼續向圖卡拉前進。這條路是我從未走過的，

但卻出乎我意料地開闊和壯美。我一直在一片開闊的河谷裡緩緩向上行走。由於這條路線並不是主流徒步路線，所以一路上除了趕牛的孩子（下圖「佩爾切到圖卡拉的路上」就是這個孩子照的），幾乎沒有遇到什麼人。天、地、大山，河谷，還有我。這種感覺有點像電影裡的孤膽英雄或獨行俠。忽然，我看到前方有個在地上爬行的東西。離近了再一看，原來是一位殘疾人，正在向前爬行！我這個四肢健全的人走這個山路都挺累的，而他居然在用四肢爬行！頓時，我對他的精神和毅力肅然起敬！本來想去攀談幾句，但轉念一想，其實殘疾人最想要的就是別人把他們當正常人看待。為了尊重他，我放棄了攀談的念頭，但向他伸出大拇指，然後握拳示意加油後，便繼續前進了。向他致敬，並祝他好運！

典型的尼泊爾民族菜大巴（Dahba）

在佩爾切到圖卡拉的路上

偶遇身殘志堅的行者，祝他好運！加油！

哈佛生的聖母峰日記
登上世界之巔，真正高人一等

旅館老闆的哥哥是 20 次登頂聖母峰的
普爾巴夏爾巴，並認出我身著探路者品牌裝備

下午 3 點 30 分，我抵達了今天的目的地——圖卡拉。旅館還有房間。300 盧比，也就是 20 元人民幣一晚上。算了算身上的現金，剛剛夠住店和吃一頓飯的，我就不猶豫了。有趣的是，旅館老闆一見我穿的是探路者品牌的裝備，立刻滿面笑容、很自豪地告訴我他哥哥和王靜姐（探路者集團創始人）一起登過聖母峰。再一問，他哥哥是原來就是大名鼎鼎的 20 次登頂聖母峰的金牌嚮導——普爾巴夏爾巴。之前介紹過，世界記錄也就 21 次（現在是 23 次）。這小小的圖卡拉旅館可真是藏龍臥虎啊！探路者的品牌也真是深入喜馬拉雅山區人民之心。

結語：今天從天波切徒步到圖卡拉的計劃順利完成。明天直取聖母峰大本營。

Day 37
在大本營為我舉辦的「歡迎晚宴」
2018 年 5 月 11 日

群英薈萃大本營，各路英傑書豪情。登頂次數二十一，無人能及是神明。

紅衣孩童莫小視，登頂年齡世最輕。技術體能儲備好，出發前夕獲真經。

——于星垣

今早起床後，我先是藉著酒店的 Wi-Fi 工作了一個多小時。尼泊爾與那邊有 2 小時 15 分鐘的時差。當地的早上 8 點，是公司那裡上午 10 點 15 分，正好是一天工作的黃金時間段，不容錯過。群組文字會議、語音通話、視訊決策，怎麼有效率就怎麼辦，總之登山不能耽誤工作上的事。這也是我給員工們潛移默化樹立的一個榜樣：我攀登聖母峰的同時還能兼顧工作，各位沒有理由不全力以赴；同時也讓客戶們絕對放心：無論條件多艱苦、路途多遙遠、挑戰多巨大，我們依然會圓滿完成任務，絕不給自己找藉口；還傳遞給投資人的一個信號，您投的是一家有創意、有勇氣、敢付出、真行動的公司，這樣的公司才有機會在競爭無比激烈的市場中闖出一條血路。早上的工作告一段落後，我再開始登山。到達營地後，我又接著開始工作。一早一晚，兩個工作時間段，其中穿插著登山，幾乎每天如此，包括週末和節假日。

今天的路程要穿過羅布切和大烏鴉（Gorak Shep）兩個村子。我從圖卡拉 9 點半出發，竟然 11 點半就到了羅布切。一般來說徒步者至少要花 3 個小時，而且要在羅布切休息和吃午飯。但我到羅布切時一點都不覺得疲勞，而且也不餓。我看了看羅布切，笑了一下，就接著朝前走了。又步行了一個半小時，到了大烏鴉村。這裡

哈佛生的聖母峰日記
登上世界之巔，真正高人一等

的海拔已經是 5000 公尺了，也是聖母峰大本營之前的最後一個歇腳點和補給點。幾乎所有徒步客、登山客和夏爾巴人都會在這裡休息，為抵達大本營做最後的準備。但此時，我還是不覺得累，然後看了看表，時間是下午一點。確實到飯點了。但我囊中羞澀，最後決定接著往前走，然後找個人少的地方把最後的麥片和乾杏當午餐。徒步 4 個小時後，我第一次放下背包，突然感覺好輕鬆啊！找到一塊相對平整的大石頭，我往上一靠，晒著太陽，美美地「掃蕩」了袋子裡最後的一點麥片和幾顆乾杏，最後再來幾大口白水，真是人間難得的美味！

正當我「享受」著呢，一秒鐘前還普照的陽光，突然就完全不見了，然後立刻就起風了，還夾雜著飄起了小雪。真是風雲突變，完全沒有預兆和規律。此地不宜久留，要是不小心感冒了可就麻煩了。到達大本營的最後的一段路程，我用了一個小時 15 分鐘左右。一路上，我超越了至少四十多位徒步客，而且是很輕鬆地、兩三個箭步就超過去了。看著他們撐著登山杖、氣喘吁吁、舉步維艱，我彷彿看到了 2017 年在這裡的我。但今天的我似乎換了一個人，不僅全程沒用登山杖，而且背著沉重的大包包，還能步伐輕盈地超越，確實體力見長。奇怪的是聽到被我超越的徒步客說「這個人真快」時，我並沒有什麼驕傲感，反倒是覺得經歷了這麼多，是時候和聖母峰「來個交流了」。

到了大本營，駐紮在此的領隊天巴夏爾巴給了我一個大大的歡迎擁抱。我也很激動。一般人 4 天的行程，我成功地用 2 天完成了，而且身體狀態良好。我們可愛的楊大廚立刻給我端上了一盤牛肉鍋貼。在連吃了幾天麥片、乾杏和大巴後，看到一盤擺盤精美的鍋貼時，我頓時覺得大本營是世界上最美好的地方。沾上醋，一口吞進嘴裡，突然感覺好像有美妙的交

天。祝願卡米登頂成功！順利改寫歷史！（一週後，卡米不負眾望，第 22 次登頂成功，創造了新的世界記錄，2019 年 5 月他又第 23 次登頂）寫到這裡，我必須還得介紹一下我們自己的領隊，天巴夏爾巴。他也是一位登山界的傳奇人物。天巴曾是珠穆朗瑪峰最年輕登頂者的世界紀錄保持者。當年他登頂聖母峰時，年僅 16 歲，震驚了全世界。但他也為那次登頂付出了慘痛的代價。由於凍傷，他不得不截肢了 6 個手指頭。不過到了今天，「4 指天

響樂響起,幸福得不得了!一盤 21 個鍋貼,是兩人份。我一個人就吃了 32 個。吃飽後轉身就回帳篷去睡了會。那感覺好像打了勝仗後犒勞自己。

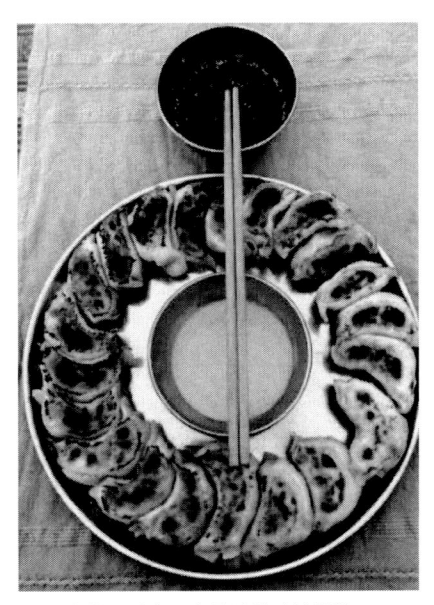

全世界最高,也是最美味的鍋貼。

　　一覺醒來,已經接近 5 點。我溜達到公共大帳去活動活動。一揭開簾子,就看見一位身材敦實、目光堅毅的夏爾巴人在我們大帳裡坐客。當時他正和天巴聊得歡。天巴看見我進來了,就立刻把我介紹給那位客人。他的個頭不高,但握手很有勁。一介紹才得知,他就是當今登頂聖母峰的世界記錄保持者,登頂 21 次的卡米夏爾巴!在來尼泊爾之前,我曾經轉發過一篇 BBC 對卡米的專題報道。他 2017 年追平了前輩阿帕夏爾巴 21 次登頂聖母峰的記錄。今年(指 2018 年),也就是下週,卡米將和我們一起嘗試衝頂。如果衝頂成功,那他將打破世界紀錄、改寫歷史,第 22 次登頂珠穆朗瑪峰,成為世界上登頂聖母峰次數最多的人。攀談中,我問卡米今年多少歲了?他回答,48 歲。我再問他如果今年打破世界紀錄了,未來還會繼續登聖母峰嗎?他說,聖母峰給了他今天所擁有的一切,他會一直攀登到他走不動的那一

哈佛生的聖母峰日記
登上世界之巔，真正高人一等

巴」已經成了一段佳話。他也成了「活傳奇」。而且天巴還和中國頗有淵源。他之前曾在武漢大學留學，所以中文很不錯。今天我居然夾在兩大世界紀錄保持者中間，實在是誠惶誠恐，也倍感榮幸。

黃衣者是卡米（登頂聖母峰次數最多的世界紀錄創造者，23次）
紅衣者是天巴（登頂聖母峰年紀最輕的世界紀錄保持者，16歲登頂）

我們聊著聊著，大帳裡陸陸續續進來了好幾位我從未在大本營見過的面孔。他們看上去都歷經滄桑，但又面帶笑容。天巴跟我交流後，我才恍然大悟，原來今晚咱們營地有個「群星宴」。國際登山嚮導公司（IMG）的領隊，七峰公司（SevenSummits）的領隊，夏爾巴高山探險公司的老闆，尼泊爾國家冰川醫生公司（SPCC）的CEO，喜馬拉雅救援協會（HRA）的主席，尼泊爾知名女記者，全都到場了。IMG是最老牌的全球性登山嚮導公司。除了聖母峰以外，他們的服務範圍涵蓋全世界各種極限地區，比如南極、北極，以及其他海拔8000公尺以上的大雪山，等等。七峰公司是尼泊爾本地公司。由於收費較低，獲得了大量平民級登山者的青睞。它已經發展為聖母峰登山圈裡的龍頭公司。夏爾巴高山探險公司也是尼泊爾本地公司，它的聯合創始人就是天巴和一位中國商人。可想而知，他們的主要服務對

象就是中國登山市場，而且已經小有名氣。SPCC 是尼泊爾國家冰川醫生的縮寫。它的主要任務就是檢查、修復、維護和搭建從大本營通往聖母峰頂的路繩。這項工作非常關鍵，而且難度很大。只有高手中的高手，勇者中的勇者，才能成為令人尊敬的冰川醫生。HRA 是聖母峰的高山救援組織。儘管高海拔救援是幾乎不可能的，但在 6500 公尺以下，HRA 會盡可能地輓救生命。最後這位尼泊爾的女記者也會同我們一起嘗試攀登聖母峰。如果成功，她將成為尼泊爾歷史上第一位登頂聖母峰的女記者。他們今晚聚在這裡，既是趁著大部分登山者還未返回到大本營，忙裡偷閒聚聚餐聯絡聯絡感情，也是一起商量下週正式衝頂的事宜，如路線、天氣、人數、氧氣，等等。當然，我想把這個群星宴定位為他們一起為我舉辦的重返大本營的驚喜接風宴。

我們營地大帳裡的群英會

　　結語：今天順利返回到大本營。身體狀態良好。飽餐一頓牛肉鍋貼後，美美地睡了一會。晚上是群英會，各位聖母峰攀登界的大咖匯聚一堂，為下週的正式衝頂做準備。

Day 38
隊友團聚大本營
2018 年 5 月 12 日

狂風怒號雪似刀，錄影方知天咆哮。避其精銳擊惰歸，知己知彼方為高。

恐怖冰川雪崩險，衝頂首日幾觸礁。厲兵秣馬大本營，蓄勢待發衝鋒號。

——于星垣

　　隊友們還沒回到大本營呢，所以今天對我來說是個休整日。遠程辦公、讀書、寫日記，已經是我必不可少的日常活動了。外面艷陽高照，這麼好的天氣，我本來計劃去洗個澡。可是轉念一下，也許明後天就要出發衝頂了，乾脆等到明天再洗吧，這樣還能多在山上乾淨一天。可就是因為這一念之差，最終造成了我未來 10 天都沒洗成澡，也創下了我個人最長時間不洗澡的記錄，一共 13 天。不洗澡自然渾身髒髒的，但這也有個好處，就是確確實實大大降低了得感冒的風險。我寧願忍耐髒味，也不願在這衝頂前的節骨眼上感冒。現在生任何病，就尤如自動放棄衝頂，前功盡棄。

　　我正在大帳裡讀著書，忽然聽見一陣「突突突突」的直升飛機聲。又過了一會，我的隊友們相繼走進了大帳。他們剛剛乘直升機回到了大本營。我們 3~4 天沒見了，大家都很親切地打招呼。有的隊友對我過去幾天徒步回大本營的感受很感興趣。我則對他們過去幾天都在南切幹了什麼而好奇。尤其是一路上挺關照我的馬哥。他是隊裡的高手。登山經驗豐富，體力毅力都很強。但當我們兩週前，訓練到二號營地時，他的昆布咳越來越嚴重，以至於惡化成了肺炎。當時如果再不及時治療，病變成肺水腫可就有生命危險了。而且一旦病變為肺水腫，那麼這次衝頂聖母

峰是肯定沒一絲一毫的希望的。所以，馬哥在那次訓練時，沒有去嘗試攀登洛子壁到三號營地，而且連夜下山回到了大本營，然後搭直升機直奔加德滿都。他未來的好幾天都在加德滿都的醫院住院，每天輸液、吃藥、休息。他能否迅速痊癒？就算痊癒了，還能不能回到山上？大病初愈，體力如何？會不會復發？這些問題不止我，幾乎是所以隊友想問的。當馬哥重新出現在大家面前時，真的有種一年沒見的闊別感。他看上去氣色很好，而且健談，也不咳嗽了。真為他高興！

正當大家聊得興高采烈的時候，突然天巴和昂大都來到大帳，面色凝重的和大家說，登頂日期現在還定不下來。啊？這是什麼意思？一般來說，下山休整後返回大本營後一兩天之內就應該出發衝頂，否則就會白白消耗好不容易休整恢復的體力。而且哪些天下山休整，哪些天回到大本營，這些都是周密計劃過的，錯過了登頂開放期可就再也追不回來了。怎麼現在突然說登頂日期待定？天巴和昂大給大家看了一段影片，大家立刻就平息下來了。那段影片是在6100多公尺，從一號營地到二號營地的西部冰斗上拍攝的。可謂是橫風肆虐，嚎聲震天！目測那風速得有每小時40公里，而且是橫向，剛好與攀登路線垂直。也就是說，在6100公尺的高海拔，登山者正在被時速40公里的大風橫向刮離路線。這好比有人在你登山時不停地大力側推你。如果在西部冰斗偏離路線將會是致命的。路線兩旁的冰原看似平緩，可實際上平緩的冰原下面布滿了深不見底的冰裂縫。一旦掉下去，很可能就是永別了。影片裡播放出來的風聲也讓人毛骨悚然。一直在平原城市工作和生活的我很久沒聽到那種「嗷嗷」的風嚎聲了，聽著就讓人打哆嗦。影片裡面有一位登山客，他雙手死死地撐住兩根登山杖，站在原地一步也動彈不得。同時，一位夏爾巴協作正在努力靠近他，爭取施救。看了這短短10秒的影片，我們所有人都一致表示一定要耐心等待天氣好轉再攀登。

我們在大本營遠望昆布冰川、聖母峰西肩和努子峰，看著是風和日麗的。可誰知昆布冰川之上的西部冰斗竟然是狂風肆虐。這完全不可想像。通過這件事，我也開始研究起天氣預報來。離衝頂的日子越近，天氣因素就越關鍵。趕上好天氣是成功登頂的必備先決條件。反之，壞天氣不僅登頂幾乎無望，而且還會導致山難和其

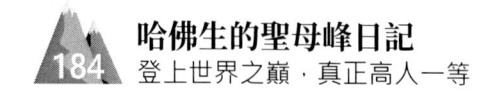

哈佛生的聖母峰日記
登上世界之巔,真正高人一等

他致命危險。今天大半天已經過去了,明天我要好好研究研究聖母峰天氣預報。

　　結語:今天在大本營休整,迎來了回歸的隊友們。馬哥也從加德滿都病癒復出了。西部冰斗大風,我們的衝頂出發日期待定。

Day 39
看老天臉色
2018 年 5 月 13 日

　　由於大部分隊友都是昨天才返回大本營，今天就是他們的休整日。不過就算今天大家都休整好了也不能上山，因為我們還在等待天氣的好轉。昨天西部冰斗的 10 級大風讓我們記憶猶新。今天，大家要麼在各自的帳篷裡收拾裝備，為了明後天出發衝頂做最後的檢查；要麼就是在大帳篷裡面聊天、上網、玩牌。我除了老三樣（遠程工作、讀書和寫日記），今天還加了兩個項目，研究天氣預報和恭祝各位母親大人節日快樂。

　　天氣的重要性在登山的過程中不言而喻。好天氣是成功登頂的一半，壞天氣甚至可能致命。那麼如何判斷天氣的好壞呢？天氣預報加上運氣。首先，珠穆朗瑪峰頂的天氣預報不是明天要出發，所以今天可以看明天的，而是要提前預測未來 4~5 天，甚至一週的天氣情況。因為從大本營到聖母峰頂一般要 5 天時間。也就是說我們要提前 5 天選好衝頂日子，並祈禱 5 天後的天氣和我們今天預測的是一致的。誰都知道天有不測風雲，更別說 8848 公尺的聖母峰頂上了。今天預測明天的天氣都不見得准，更別說一下子預測 5 天之後的天氣。但是，沒辦法，這就是攀登聖母峰的風險之一，只能盡力而為，到了日子再看造化。第二，氧氣有限。從二號營地開始大部分人都要開始吸氧，從三號營地開始所有人都要吸氧。每瓶氧氣 4 公斤，但在山上它卻尤如 40 公斤，所以氧氣瓶必須只能準備得恰到好處，絕對不會多背一瓶可能用不上的氧氣上山。再說一瓶氧氣要花 600 美元，對大部分人來說是非常昂貴的。如果對天氣的判斷錯誤，就可能造成氧氣過早用完，從而喪失衝頂的機會。

哈佛生的聖母峰日記
登上世界之巔,真正高人一等

聖母峰的天氣預報可不是上網搜索一下就有的,而是要花幾十美金甚至上百美金向專業機構購買。我想天氣預報能有多複雜,不就是手機上經常顯示的那幾項嗎?溫度,有沒有雨,有沒有風,晴天還是陰天。但當我自己真正手握一份聖母峰天氣預報時,我震驚了,也立刻明白它為什麼那麼貴了。那可不是幾個數據,而是好幾頁 A4 紙的密密麻麻的分析報告。通過對聖母峰的風向、風速、日照、大氣、溫度、降雪等重要指標,非常科學又符合邏輯地推理出衝頂聖母峰的推薦開放期。由於語言和用詞,一般人還不見得全都看得懂。而且這個天氣預報還不能只看一家的,要多家對比後才能做出一個最可靠的判斷。具備提供聖母峰天氣預報能力的國家有中國、美國、日本、瑞士和尼泊爾。他們的收費標準不一樣,提供的天氣分析也不太一樣。一般來說,中國登山隊幾乎就是用中國和美國的。一個是同種語言,一個是世界權威。我仔細看過這份天氣預報後,心想這哪是天氣預報啊,簡直就是一份華爾街投行標準的投資研究分析報告,只不過目標不是某家公司,而是換成了珠穆朗瑪峰的天氣。太專業了!難怪要花重金購買,值!看完後,我心裡忽感踏實。因為我覺得有這麼專業的天氣分析,我們的衝頂成功率和安全都會更有保障。最後得出的結論是,5月17—20日應該是衝頂聖母峰的最佳時機。如此倒推,我們後天凌晨,出發。

今天是 5 月 13 日,也是一年一度的母親節。雖然這個母親節並不是中華民族的傳統節日,但多一個節日來感謝天下的母親們,我也是非常歡迎的。遠在聖母峰大本營的我是沒法當面和媽媽一起過母親節了,但是通過視訊我給媽媽

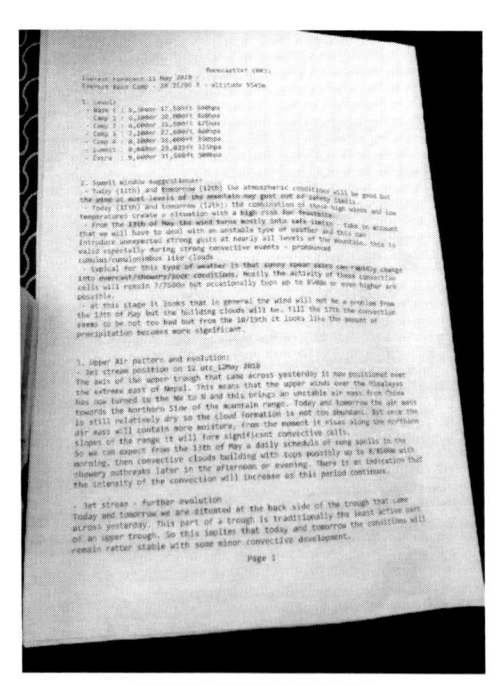

聖母峰天氣預報分析的首頁

來了個大大的驚喜。聖母峰大本營的 Wi-Fi 訊號很不穩定，而且價格不菲。同時由於昆布咳，我說話很費勁，能不說就不說。所以，我們交流一般是留言、文字，偶爾語音通話，非常非常少視訊。但今天一大早，我就給她撥了個視訊電話。媽媽顯然沒注意到今天是母親節，當通過視訊看著我祝福她節日快樂時，她喜出望外的表情對我來說真的是無價的。不過僅僅視訊了一兩分鐘，她看見我不停地咳嗽，就讓我趕快別視訊了，並告訴我這是她收到過的世界上最高的祝福，已經心滿意足了，讓我專心登山。其實媽媽不知道，這既是母親節的祝福，也是我出發衝頂臨行前的道別。說肯定能安全下山那是騙人的。沒有任何人能 100% 保證下山的安全。說難聽點，這也許是我們的最後一面。

　　結語：今天在大本營休整，同時認真研究了聖母峰天氣預報分析。全隊決定後天凌晨出發。如果一切順利，5 月 19 日將是我們的衝頂日。同時今天還是母親節，祝天下的所有母親們健康、快樂！

Day 40
我的「遺言」
2018 年 5 月 14 日

　　明天凌晨就要出發衝頂了。今天是最後一個休整日。儘管大家都不說出來，但所有人都知道此行有生命危險，也許真的就回不來了。而且從明天開始，連續 7 天沒有 Wi-Fi 訊號。也就是說我們會連續失聯 7 天。所以，今天大家都以不同的形式跟家人和朋友們道別。我梳理了心緒，回顧了過去，小結了當下，憧憬了未來，頂著昆布咳，寫下了衝頂前的真實內心感受。如果我遇到不測，這就算是我的遺言了。

登聖母峰以來的感受

　　今天是聖母峰之行的第 40 天整。這 40 天來，有各種各樣的困難和五花八門的突發情況，當然還有意想不到的收穫伴隨著我。有位朋友說得好：「你這趟不算九九八十一難，也差不多是七七四十九難了。」但越是折騰、越是難受，堅持住以後就越是收穫巨大。參天樹木必經無數風風雨雨。

　　明天凌晨三點就要正式出發開始衝頂了，為期一週，這些日子沒有 Wi-Fi。按照預定計劃，5 月 19 日很可能就是登頂日。再次感謝所有朋友們這 40 天來對我的鼓勵、支持、幫助、叮囑和關心！！！在世界第三極的腳下，你們時時都讓我感到我不是孤軍奮戰，而是大家和我一起拚搏、一起衝頂！我上去了，就是咱們一起上去了！

人的一生很短暫，總得給後人、給世界留下點什麼。這個什麼不是金錢，因為錢是有限的；這個什麼是一種精神，只有精神才是取之不盡用之不竭的永恆的 財富。而精神是通過具體的事情體現出來的，是通過持之以恆地做一些事情體現出來的。一個人的一生總得做幾件值得讓自己自豪和令後輩尊敬的事。

　　讀書，從中學的常常排名中下，到畢業於哈佛商學院，而且畢業後在金融海嘯裡斬獲 5 個世界級大公司的工作機會，站在主席台上，從 Jay Light 校長手中接過哈佛畢業證書的那一刻，是我學生時代最驕傲的時刻。現在回憶起來就好像昨天，歷歷在目。

　　工作，從 Dell 的一名小職員，到在華爾街老牌銀行和在巴西主導中國對巴投資，再到聯想集團擔任董事長兼 CEO 的高級助理，並助力聯想集團成為毫無爭議的世界 PC 之王，我自豪。聯想 Lenovo 是毋容置疑地受到國際尊重的、世界級企業和品牌。這也是我十年職業生涯最輝煌的時刻。在聯想的 6 年裡，數不清的不眠之夜，近兩百萬公里的飛行里程，到幾十個國家深入開展業務，多少個節日生日都是在飛機上度過的。現在回想起來，我真是太幸運也太幸福有了這樣的奮鬥機會！感謝聯想！感謝元慶！

　　明天，在讀書和工作之外，我要為另一個頂點發起衝鋒：珠穆朗瑪峰，世界之巔。她對大部分人來說是既熟悉又陌生的。我們從小就從課本裡學習過她，在新聞裡聽說過她，但又有多少人見過她的真容，又有多少人想過去親手撫摸她、擁抱她呢？那麼為什麼要吃這麼多苦，費這麼大勁，花這麼多錢，耗這麼多時間，來自討苦吃攀登聖母峰呢？因為對我來說，恰恰認為如此苦、累、險的聖母峰都可以戰勝，那麼平時日常生活中還有什麼難得倒我嗎？登山精神與山下的工作和生活是相通的。縝密的計劃，嚴格的準備，協作的團隊，有力的執行，頑強的拚搏，勇敢的挑戰，風險的把控，安全的撤離……這些不正是我們在工作和生活中所必須具備的

哈佛生的聖母峰日記
登上世界之巔，真正高人一等

嗎？此次登山讓我更加徹底地對這些精神有了切身感受。登頂與否，我都會盡可能地把這些攀登聖母峰的精神傳遞給我身邊的所有人。

　　無論我們是從小一起長大，還是網路上剛剛認識的朋友；無論我們是世交，還是萍水相逢；無論是天天見面的同事，還是相隔一個太平洋的 dear friends，在茫茫人海中多少人擦肩而過有緣無分，但我們能相遇相識，這就是不可多得的緣分。現在我從大本營向上遠眺，天氣依舊惡劣，連山形都看不見。但我，明知山有虎，偏向虎山行。

于智博
2018 年 5 月 14 日

鎬指聖母峰，明天出發！

Day 41
衝頂階段開始！高原反應也如期而至
2018 年 5 月 15 日

　　凌晨 3 點，我準時起床。3 點半，在大帳裡用早點。開水沖奶粉、麥片、煮雞蛋白，除了這三樣「老樣子」，今天多喝了杯咖啡。4 點離開大帳，前往祈福台。外面一片漆黑，飄著小雪，沒有風。幾位夏爾巴協作已經在祈福台點好了火，正在往台子裡面燒松枝。很快縷縷松煙便徐徐而生了。飄著松香，飛著白雪，所有夏爾巴人都默默不語地圍繞祈福台走三圈，最後用額頭觸碰祈福台上的經幡，然後再向昆布冰川進發。他們認真嚴肅的神態，讓還未完全進入狀態的我立刻醒了過來。我們真正開始衝頂階段的攀登了，成敗就看這幾天的了。我雖然不信佛，但也很虔誠地繞祈福台三周，同時心中默默祈禱平安。

　　我們紛紛打開頭燈，魚貫而行，第四次進入昆布冰川。冰川的前三分之一部分穿越很順利，路線也基本上和前幾次一樣。有了前幾次的經驗，這次我沉著多了。可是昆布冰川是每天都在移動的，中間三分之一是坡度最陡、變化最多的部分。今天也不例外。這部分和之前我們走過的幾乎完全是兩個不同的路線。而且有好幾處在沒有安全索的情況下，都要手腳並用地爬行才能向上。在那幾處完全無保護的地段，一失足就真成千古恨了。我是「驚出」了好幾身冷汗。幸虧現在才 5500~5600 公尺，還不需要吸氧，否則我肯定已經喘得上氣不接下氣了。一路上，抬頭是巨冰壓頂，低頭是有如黑洞般的冰裂縫。我們在「上下夾擊」的夾縫裡求生。在好幾個地方，我想拍張照，紀念一下這些危險地段，但被夏爾巴嚮導勸住了。拍照浪費時間，現在的首要任務是快速安全地通過，別為了幾張照片而冒生命危險。他說得非

哈佛生的聖母峰日記
登上世界之巔，真正高人一等

常對，現在一切都靠後，安全通過第一。

經過了 6 個小時的攀登，在 10 點半，我抵達了一號營地。這個用時比我訓練時要快了近兩個小時。而且，兩週前訓練時，到達一號營地的時候我已經累得跟暈倒了似得，一頭倒在了帳篷裡。但今天，我卻並不覺得很累。只是腿有點酸，有點餓，想喝水，但完全談不上累壞了。看樣子前期的訓練和休整確實有效果。訓練時，我們是在一號營地睡了一晚。但我們今天的計劃是要一口氣抵達二號營地。在一號營地僅僅是歇歇腳，喘喘氣。今天的天氣很好，沒有風，陽光也足，晒在身上挺暖和的。大家背包裡的能量棒、果仁、奶酪塊、奶糖也都紛紛登場。要不是周圍全是冰天雪地，我還以為是在野餐呢。這 45 分鐘左右的休息很難得，也很必要。它為今天後半程前往二號營地起到了很好的承上啓下的作用。大概臨近 11 點半，我收拾好裝備，起身向二號營地進發。

有了上次訓練的經驗，我對西部冰斗有數多了，知道難處在哪裡。不過由於訓練時是在一號營地休息了一晚再出發的，今天僅僅休息了 45 分鐘，所以速度上不如訓練時快，畢竟早上已經攀登了 6 個小時。同時，今天我是在日照最強、溫度最高的中午 11 點 30 分開始進入西部冰斗，再加上沒有一絲的風，整個西部冰斗逐漸變成了一個露天大烤箱，紫外線把我們從上下左右四麵包圍起來。雪鏡時時刻刻都要戴著，一摘下來就有雪盲的危險。而且越攀登越熱，身上真是汗流浹背，但是又不敢脫羽絨服，怕圖一時涼快而感冒。那個時候，我就在想要是前兩天的大風能分一些給今天吹就好了。就這樣被太陽烤著，穿著厚羽絨服，渾身

攀登 20~30 公尺的垂直冰壁，很平常

流著汗，一步步地繼續向前進。又攀登了大概 4 個小時，我終於在下午 3 點過抵達

了二號營地。當時感覺還不錯。累，但在合理範圍之內，不像之前直接累暈過去。

這次和訓練時一樣，我們將在二號營地休整一整天，然後再向上攀登，所以今晚和明晚都會住在二號營地。上次我在二號營地時第一次有了高原反應，而且非常嚴重。至今我還心有餘悸。這次已經有過訓練的經驗，我心想應該已經適應這6500公尺的海拔了吧。但我心裡也沒底，只能期望不要有高原反應，因為那實在是太難受了！可是不走運的是，我的擔心最終還是變成了現實。抵達二號營地2~3個小時後，我的頭就開始痛。這種痛和上次訓練時是一模一樣的，好像有個人拿著顆釘子一直在我後腦勺上使勁地敲。馬上就是晚餐時間，可我毫無食慾。但是我的意識是清醒的，深知如果高原反應撐不過去，後面更高海拔的攀登就根本不可能了。所以，就算是頭要炸開了，我拚了命也要硬挺過去！頭重腳輕地把自己挪到了大帳裡，希望和隊友們在一起聊聊天，分散一下注意力能緩解高原反應。但很可惜，事與願違。不僅沒有起到我期待的降壓作用，反而晚餐的味道讓我覺得反胃，隊友們的談話讓我覺得是吵鬧的噪音，大帳裡的燈光讓我覺得刺眼，太難受了。我又硬撐著走出了帳篷，想在外面呼吸呼吸新鮮空氣。可剛深呼吸了一半，就立刻嚴重地咳嗽起來。每一下咳嗽都覺得頭快炸了。兩眼已經變得非常難受，很難睜開。我彎著腰，雙手撐在膝蓋上，努力呼吸著。很想吐，但又吐不出來，這比喝醉酒難受不知道多少倍。最後，我飯也沒吃，喝了幾口水，就早早地鑽進帳篷，希望能入睡，祈禱一覺醒來第二天就什麼事都沒了。可是整個晚上好像訓練時的翻版，我頭痛欲裂，翻來覆去，咳嗽不停，徹夜未眠。我腦海裡第一次出現了放棄的念頭。明天如果還這樣，我可能就真的不得不投降了。在6500公尺就難受得連站都站不穩，更高海拔的攀登就想都別想了。不是因為體力不足，不是因為沒有準備，不是因為缺乏勇氣，不是因為天氣惡劣，而是因為高原反應，我打心裡不服和憋屈！這就好像在厲兵秣馬了四年後才能登場一次的奧運會比賽即將開始前，臨時宣佈我由於突發感冒而失去比賽資格。比都沒比就輸了，之前的所有努力付諸東流。真的心不甘！但現實往往是殘酷的，現在嚴重的高原反應又實在是讓我別無選擇。

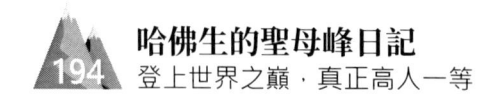

Day 42
「起死回生」的丹木斯（Diamox）
2018 年 5 月 16 日

　　昨天徹夜未眠，高原反應嚴重，我準備一早就找領隊，跟他們說我放棄了，實在是痛不欲生。可是當我看見了領隊，正要開口時，我忽然想起了電影裡面和書裡面的一個細節。有的隊員在高原反應嚴重的時候，服用了一種藥物，叫 Diamox。我在現實中沒聽說過這種藥，但既然外國影片和書籍裡都有出現，那麼我想應該還是比較常見的。這時，我抱著碰碰運氣的心態問了一句夏爾巴領隊。沒想到他居然攜帶了這種藥！但說實話，我並不知道這個藥的藥效能有多明顯，畢竟電影裡面的鏡頭是戲劇化過的。而且我現在已經高原反應嚴重了才吃這個藥，還靈不靈？有沒有副作用？不過現在頭痛得厲害，我也顧不了那麼多了，堅持要求領隊給我一片。這時領隊認真地警告我，吃了這個藥的副作用是容易造成人體缺水，要不停地喝水，而且要不停地小便，同時手腳容易發麻。這些副作用恰恰又是在登山過程中很費時費力的風險點。我心裡稍稍猶豫了片刻，但就算有這些副作用，說不定我還可以克服，若頭痛不退，那我是絕對不可能再往上攀登了。管不了那麼多了，先看看能不能治頭痛吧！

　　Diamox 是一片白色的藥片，大拇指指甲蓋大小。看著並沒有什麼特別之處。保險起見，我先把它掰成兩半，然後只吃了半片。半個小時後，神奇的事情發生了，我的頭痛居然開始減弱了！當時我還有點難以置信，怕是一種幻覺。再等等，要確認。又過了大概半小時，頭痛完全消失了！我真的覺得不可思議，那種感覺就像變魔術似的！好一個藥到病除！那種感覺就像瀕臨垂危時，忽然重獲新生！但

是，儘管如此，我絲毫不敢大意，萬一藥力一過，高原反應又有反覆呢？又過了大概 2~3 個小時，我忽然感覺到餓了。食慾回來了！這時正值午餐時間，我就像從來沒見過飯菜似的，呼嚕呼嚕地吃了很多，但又有克制，心裡清楚不能突然一下子吃太多。不過那頓飯絕對可以說是我在高海拔地區吃得最香的一頓。飯後，我忽然覺得犯困。是啊，昨天攀登了十幾個小時，夜裡又因為高原反應而失眠，到了現在能不困嗎！？我回到帳篷，踏踏實實地睡了一覺。醒來後，頭還是不痛，而且感覺精神多了。看樣子藥效真的很顯著。晚飯前，我服用了剩下那半片。晚飯用餐正常。飯後，和隊友們的聊天也恢復正常，甚至還玩了會牌。之後的睡眠也正常。從此往後的攀登過程中，高原反應就再也沒有出現。所謂的副作用也不明顯，至少我沒有察覺。這片 Diamox 可以說是我這次攀登聖母峰的轉折點，或稱其為「起死回生」藥也不為過。沒有它，我肯定就放棄登峰，下山了。有了它，不僅高原反應治癒了，而且我衝頂的信心更 足了。大難不死，必有後福嘛！

氧氣就是我們最好的朋友
（在二號營地，服用 Diamox 後）

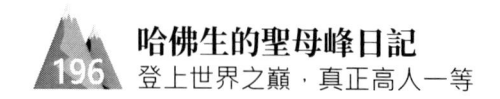

哈佛生的聖母峰日記
登上世界之巔，真正高人一等

Day 43
抵達「掛」在洛子壁上的三號營地
2018 年 5 月 17 日

　　昨天服用了 Diamox 後，我睡得特別踏實。一覺醒來，我精神飽滿。早上 7 點半，我們正式出發。今天的目的地是聖母峰三號營地，海拔 7300 公尺，這也將是我從未涉及的高度。兩週前訓練時，我在距離三號營地還有 50 公尺垂直高度的地方徹底筋疲力盡，望了幾眼三號營地後，狠狠地下山了。那種體力透支的累和看得見卻摸不著的挫敗感，我至今還記憶猶新。今天再次向三號營地進發，挑戰不言而喻。有了訓練的經驗，經過了一週的休整，加上昨天高原反應也消失，吃得好，睡得香，今天我雖然深知挑戰嚴峻，但信心也很足。

　　今天的天氣很好，又是個大太陽天，而且無風。這對於攀登平均坡度 70 度的洛子壁來說，是再好不過的天氣了。這次攀登與上次訓練時，我做了一個調整。上次為了適應海拔和節省氧氣，我完全沒有吸氧。但今天是成敗在此一舉的關鍵時刻，我開始吸氧了。現在就開始背上 4 公斤的氧氣瓶，對我來說也是一個難得的適應機會。因為未來幾天的更高海拔攀登和下撤中都會一直背著氧氣瓶。這還是我這輩子第一次背上氧氣瓶，所以能多一個適應機會我求之不得。有隊友開我玩笑說：「大于，你這是把攀登聖母峰當訓練了！」玩笑歸玩笑，但我還是很認真地學習了這種俄羅斯生產的氧氣瓶的運用方法。氧氣瓶的閥門從 0 至 4 檔，每 0.5 是一檔，一共 9 個檔。0 檔就是關閉，4 檔就是出氧量最大。檔數越高，出氧量就越大。登山者能吸到更多的氧氣，就會更有勁，但自然這時氧氣的消耗速度也就最快。我今天決定開到 2，試試中間檔位。吸了幾口，我並沒有什麼感覺。說不定到了更高海拔才有明顯

的作用吧。

　　洛子壁與昆布冰川同為聖母峰南坡攀登兩大天險。洛子壁與昆布冰川的一個巨大的不同點就在於路線。前面介紹過，由於冰川本身的移動，昆布冰川的攀登路線是每天都在變化的。可是洛子壁的攀登路線就一條，而且這條路線在登山開放期都不變。這條路線是4月底和5月初，由冰川醫生（也就是開路隊）投入了相當的精力才探索並搭建好的。這條路線並不是台階或者梯子，而是一條由多段繩索拼接而成的攀登路線。也就是說，大冰壁上加了一根小拇指粗的路繩，就是攀登洛子壁的全部路線設置了。剩下的就看登山者自己的造化了。不過好處就在於，這條路線和兩週前訓練時是一樣的。我已經攀登過一次了，重返「故地」心裡有數。而且這次我吸氧攀登，心裡就更有底氣了。

　　一路上有驚無險，經過了5個多小時的攀登，在下午1點左右，我終於抵達了上次可望而不可及的聖母峰三號營地。到了三號營地，我們幾乎個個都累趴下了。但相比上次用了6個小時還沒能到三號營地，我已經很滿意今天的表現了。不過這個三號營地真是有點「名不符實」。一號和二號營地都至少是在一塊平地上，但所謂的三號營地竟然是掛在洛子壁的大斜坡上。目測坡度有45度吧。坐著或站著都要時時刻刻小心，以免腳下打滑或者重心失衡而滾落洛子壁。我們隊一共5個黃色帳篷。每個帳篷擠3個人。這個帳篷和在一號與二號營地是同等大小，但從未3個人一起睡過。不過這樣的安排是相當必要的。首先，三個人用一間帳篷，就意味著我們可以少背一個帳篷攀登。在這麼高的海拔攀登，多一根針都嫌沉，所以盡量能少帶就少帶。其次，三個人擠在一起睡，還可以抱團取暖。要知道在7300~7400公尺的海拔，夜晚溫度會下降到零下20多度。再次，三個人的體重加裝備重量可以讓帳篷更穩固，降低被大風吹走的機率。最後，也是最重要的一點，就是三個人還可以互相照顧，特別是在有危險時。假設其中有一人缺氧或出了什麼身體狀況，另外的人可以迅速給他戴上氧氣面罩或者呼喚其他人來幫忙。有的時候，這種照顧真的就是救人一命。

哈佛生的聖母峰日記
登上世界之巔，真正高人一等

掛在洛子壁上的三號營地（後面就是聖母峰）

　　羅哥、胡哥和我睡一個帳篷。我們三個帳友處得還挺好，大家互相照顧。羅哥登山經驗很豐富，時不時教我幾招竅門。而且，羅哥是全隊體力最好的一位。無論是訓練，還是正式攀登，他總是遙遙領先隊伍。他每每是在目的地都打了個盹，我們才姍姍來遲。能跟著羅哥的影子攀登是我的小目標。說到羅哥，不得再不提一句，他不僅登山厲害，而且撲克牌也打得爐火純青。在我們隊裡，只有吳哥和他有得一拚。這一趟聖母峰攀登下來，我的玩牌功夫也進步不小，算是個意外收穫吧。胡哥的經驗也很豐富，不僅足跡踏遍世界各地，而且曾經在南極探險。堅毅的目光配上飄逸又花白的頭

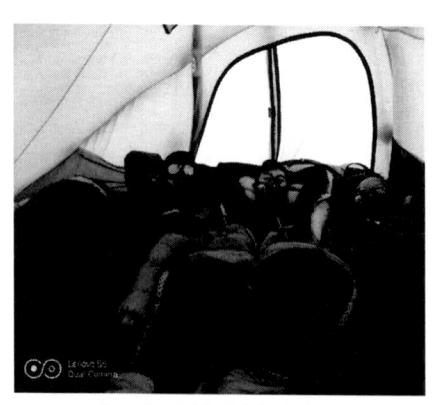

在三號營地和室友們氧氣趴

髮,給我的第一印象就是很帥,非常有型,有點特種兵的感覺。胡哥話不多,但句句是擲地有聲。從來沒玩過牌的他,現在已經被我們發展和鍛鍊成牌友了。明天如果能順利抵達四號營地,我們三人還是一起睡。

　　安頓好了帳篷,下面就該忙吃的了。在這 7300 公尺想吃美味是不可能的,能來點熱的就已經很奢侈了。我們的夏爾巴協作把燒熱的水倒進一個個巴掌大小的白色塑膠口袋裡,然後遞給每個隊員。這一切對我來說都是第一次,很新奇。接過來一看,是沖泡的即食米。之前無論是在哪,我都沒見過這個東西。不過仔細看了看包裝,還有不少日文。再一看塑膠袋裡面,有米飯。原來是好像泡麵的即食米。用熱水泡上一段時間就可以直接食用。不過在這麼高的地方,熱水也會很快涼下來,然後結冰。所以,我把塑膠袋的口封好,然後放進身著的羽絨服裡。用羽絨服和身體來保溫,盡量延緩熱量散發的時間。這個熱熱的即食米在我羽絨服裡有點像個熱水袋,還挺舒服的。大概 10 分鐘後,我很期待地打開了這袋即食米,嘗嘗是什麼味道。原來是米飯加了少量的鹹菜末,吃起來有點鹽味,僅此而已。估計要是在平原地區,這個即食米應該是就著各類下飯菜一起吃的。不過我們在這 7300 公尺的高度,能有熱熱乎乎的米飯吃就已經很難能可貴了。我一口氣吃了兩袋。

　　晚飯後,太陽開始慢慢落山。坐在帳篷外面,看著喜馬拉雅山的夕陽,這幅景色美不勝收。不經歷風雨,怎麼見彩虹。這麼美的景色只會留給歷經風雨攀登到此的勇士們。我更加期待看看在聖母峰頂上的景色 是何等壯闊!正當天色全黑,大家都準備回帳篷睡覺時,忽然山上傳來了幾聲求救聲,而且是中文的求救聲。這個太意外了!大家紛紛打開頭燈,沿著洛子壁往上尋找求救聲的來源。我們看到了一位登山者正在試圖下撤,但他蹲在離我們大概 30 多公尺的冰壁上求救。他說他實在是走不動了,能不能幫助他下到三號營地,並找到他的隊友和他們

享受晚餐即食米

哈佛生的聖母峰日記
登上世界之巔，真正高人一等

三號營地的夕陽美景

的營地。我們的教練張寶龍很勇敢、很熱心地開展了一次 7300 公尺的高海拔小型救援。半個多小時後，他把這位筋疲力盡的登山者接到了我們營地。他坐在地上，連話都幾乎說不出來，真的是累壞了。我給他遞上了滿滿一壺熱水。他幾乎一口氣把它喝完了。然後，他又吃了些巧克力、餅乾、能量棒等食物。又過了一陣，他才慢慢緩過來。原來他們的隊伍是昨天夜裡衝頂，部分隊員在今天清晨登頂了聖母峰。但登頂後下撤並沒有在 4 號營地休息一晚上，而是選擇了直接下撤到三號營地。這樣長距離的下撤，好處就是可以更快地到更低的海拔。海拔越低越安全。但短處也是顯而易見的。衝頂聖母峰人人都是拚盡全力。在這樣的疲勞狀態下，還要下撤到 7300 公尺的三號營地，甚至更低的二號營地。這對任何人的體能都是一種極限挑戰。俗話說，上山容易下山難。往往很多意外都發生在下山時。所以，在我看來，除非是頂級登山高手，這樣一口氣從聖母峰頂下撤到三號營地的做法風險性相當大。這位求救者就是被他的隊友遠遠甩在了後面，直到天黑，筋疲力盡的他有了求

救的機會，終於接近了三號營地，而且他還不知道他們的營地到底在哪裡。要是天再黑點，溫度再降點，憑他已經耗盡的體能，估計會出現生命危險。他算是很幸運的，求救時剛剛好是晚飯後的時間，剛剛好在我們帳篷上面 30 公尺，剛剛好都是中國人溝通沒問題。張寶龍教練在他「吃飽喝足」後，把他穩妥地交接給了他的隊伍。必須給張寶龍教練的義舉點讚！這位登山者的遭遇也深刻地提醒了我，未來的路會更加艱險，有更多不可預測的困難等著我呢。

Day 44
另一個 10 小時攀登，
抵達人類海拔極限的四號營地
2018 年 5 月 18 日

今天凌晨 5 點半，我們全體出發前往海拔 8000 公尺的四號營地。天微微亮，但是有別的登山隊比我們還早，已經在我們前面攀登了。其他各國登山隊也開始啓程攀登。一時間，剛才還一片寂靜的三號營地，忽然人聲鼎沸起來，好像大家都商量

看不見盡頭的洛子壁的攀登中

好了在同一時間出發似的。不過洛子壁就只有一條路繩，所有登山者都必須由此上山。那麼人一多，就面臨著排隊或「塞車」。一個速度慢的登山者造成其後面的所有登山者都無法繼續向前，這種狀況在山上就叫塞車。有時塞一塞也不礙大事，甚至如果後面的人實在等不及，也可以「超車」，但有時塞車確實是大麻煩。特別是如果在海拔 8000 公尺以上塞車，那就好像一直要在零下 30~40 度的天然冰箱裡一動不動。再加上陣陣大風和冰雪，塞車就不僅是折磨人，而且會消耗登山者寶貴的體力，氧氣和登頂黃金登頂時間，從而大大降低登頂機率，並大大增加事故風險。所以，我們的策略是盡早出發，避免塞車。

　　從二號營地到三號營地，我覺得已經非常艱難了，甚至第一次嘗試都沒能成功抵達三號營地。但從三號營地至四號營地的攀登難度大大超出了我的想像。原來洛子壁的三分之二是從三號營地至四號營地。70 度的大冰壁還有 2/3 有待攀爬。昨天已經把我累得半死的二號到三號營地路段還只是洛子壁的熱身部分。仰頭一望，懸崖冰壁高不見盡頭，我心裡真沒底。但這時也想不了那麼多了，擺在我面前的只有一條通天的冰壁。我只有一步一步地往上登，小心翼翼地踩下每一步，生怕有一丁點閃失，不然等著我的可真就是萬丈深淵了。沿著洛子壁攀登了大概 5 個多小時，已經很累了，好像昨天的翻版。我以為終於快到了，因為已經看見懸崖的最頂部了。可誰知剛剛看到這個希望後，又立刻被打擊了。等著我的是沿著懸崖的一段橫切路線，然後緊接著又是一段幾乎垂直的攀爬。我當時都快崩潰了。我以為橫切路段能簡單點，稍微緩口氣。但走近一看，才發現那是一條被人踩出來的冰雪小徑，最寬的地方能並排放下兩只腳，相當多的部分只能落下一隻腳。小徑就是在 70~80 度的懸崖上橫向被踩出來的。我們現在要幹的事有點像特工電影裡面，英雄人物從摩天大樓的一側沿著外玻璃幕牆徒手爬到另一側的感覺。不過我們是在接近 8000 公尺的現實中攀登，稍不留神，等著我的就是比好幾棟摩天大樓疊在一起還高的懸崖。別想了，我連看都不敢看，腿都有點發軟。但這時，我身後居然還有人超躍了我！他大步流星地好像走在平地上。搞得我是哭笑不得，只有鼓起勇氣，繼續往前走吧！我就跟孩子剛學走路似的，一小步 一小步、謹小慎微地往前挪，時不時右

哈佛生的聖母峰日記
登上世界之巔，真正高人一等

手扶著山壁，當第三條腿。這段路並不是很長，但由於高和險，我走了有兩個多小時。心跳快得幾乎要蹦出來了。大氣呼呼地喘，大汗不停地流，把連體羽絨服都打濕透了。最後，在攀登了近10個小時後的下午3點半左右，我最終抵達了地球上最高的營地——聖母峰四號營地，海拔8000公尺。我再次刷新了人生的最高海拔，平生第一次站在了8000公尺這一死亡高度。放眼全世界，能比我現在更高的地方也就只有14座山峰了。這裡也是向珠穆朗瑪峰頂發起最後衝刺的最後一個營地。從四號營地近距離仰望聖母峰頂，她猶如一個巨型冰雪金字塔。這個龐然大物比我遠眺時看到的聖母峰要高多了，也陡多了，幾乎又是一個洛子壁。但不知為何，我心裡這時居然有點僥倖心理，覺得不是有人說聖母峰只需要一步步走上去就行了嗎？是真是假，明天真相大白了。

今天攀登了10個小時，加上心裡高度緊張，甚至有些受到驚嚇，我連一張照片都沒敢拍。到了四號營地，我也完全沒有力氣和興趣在這個世界上最高的營地看看，拍拍照。而是一頭鑽進帳篷，抱著氧氣瓶，倒在防潮墊上，立刻睡過去了。在這個海拔高度，空氣非常稀薄，但氧氣不敢開太大，盡量省著用。四號營地位於聖母峰和洛子峰之間的山坳，比較平緩，但同時也是一個巨大的天然風口，一直不停地刮風。營地裡的所有帳篷都被刮得嘩啦嘩啦響，好像隨時有被吹走的危險。人很難睡著，最多就是迷迷糊糊而已。可我似乎連迷迷糊糊都還沒來得及呢，就被我們的領隊叫醒了，通知我們為了避免塞車，今晚8點就出發衝頂。什麼？我們今天白天玩命攀登了10個小時，已經累得半死，又沒吃什麼東西，現在竟然通知我們在4個小時後就去挑戰難度更大的世界之巔。這不就好像以強弩之末去挑戰最強對手嗎？雖然我知道一般衝頂都是夜裡開始，但至少也是午夜或者次日凌晨。這晚上8點就開始衝頂，那不簡直就是輪軸轉嗎？！算了，我現在說什麼也沒用，還是趕緊抱著氧氣瓶再睡一會吧。

Day 45

十級大風，零下 40 度，12 小時攀登，8 小時下撤，目睹 3 具屍體，雙腳凍傷，終於站上世界之巔

2018 年 5 月 19 日

　　今天是我人生中值得永遠紀念的一天。早上 8 點 30 分，我站在了地球最高點，並在那裡停留了 7~8 分鐘。但這 7~8 分鐘實在是來之不易。不僅是我最後一天的艱難衝頂，而是這整個 45 天的攀登鏖戰，乃至我過去一年付出的努力終於摘到了勝利的果實。

　　頭天夜裡 8 點，大風刮得很厲害。我們全隊人員整裝待發。我們也是當天所有登山隊伍裡最早出發衝頂的。在一片漆黑裡，僅僅靠頭燈我很難辨別出所有隊友。但我看到了共用一個帳篷的東哥和吳哥。走上前去，分別給了他們的人一個緊緊的擁抱，然後雙目對視，並送上一句「加油！」我發自內心地希望所有隊友都可以登頂，也都可以安全返回。但在這 8000 多公尺的死亡地帶，任何事情都有可能發生。每一次告別，都有可能是永別。我們每個人唯一能做的，就是照顧好自己，全力以赴衝頂，再全力以赴下撤。

　　一開始，我處於全隊第二的位置，努力地跟著羅哥的步伐前進。大概 1 個多小時後，我被羅哥漸漸拉開距離，而且我明顯感覺越走越累。這時候，我的夏爾巴嚮導來到我身後，幫我把氧氣閥門從 2 檔調到了 3 檔。忽然我就覺得有勁了，而且感覺非常明顯。接著，我向上攀登的速度明顯加快，甚至逐漸追上了羅哥。這是我第一次體會到氧氣的力量。又攀登了大概 1 小時，一路領頭的羅哥忽然停了下來。他示意我接著向上攀登，別管他。我心想這可太反常了。如果我們隊裡只有一個人登

哈佛生的聖母峰日記
登上世界之巔，真正高人一等

頂，那個人一定就是羅哥。但現在他居然停了下來。聖母峰攀登真是不可預測！祝羅哥好運！

　　一路真是幾乎垂直向上。之前的攀登是越走越熱，但這回卻是越走越冷。氣溫在 8000 多公尺的海拔已經是零下 30 度左右，而且越往上攀登，氣溫越低。再加上一刻不停的大風，我估計體感溫度大概在零下 40 度左右。儘管我穿了專業登山靴、保暖內膽和兩雙厚羊絨登山襪，還沒到第一個換氧氣的地點，我雙腳的所有腳指頭都已經失去了知覺，而且是完全失去了知覺。手指的感覺還好，因為每隔一段路程就要栓路繩和換安全鎖。這時候我需要做個決定：要麼接著向上攀登，雙腳有可能被嚴重凍傷，甚至有截肢的風險；要麼下撤，希望雙腳能恢復知覺，就此結束聖母峰衝頂的嘗試。最後，我內心深處的聲音告訴我：要想登頂聖母峰，哪能沒有代價，就算是最後被截肢，我也認了！

垂直向上攀登，向下有 8700 公尺

大風中的希拉里台階和聖母峰頂

　　不過這樣一刻不停、不吃不喝、似乎永遠沒有盡頭地摸黑向上攀登，總得有個喘息片刻的機會啊！我似乎接近極限了，快爬不動了。終於在摸黑攀爬了6個多小時後，我堅持到了一個叫「陽台（balcony）」的地方（如果單獨把陽台拿出來，它8400公尺的海拔已經是世界第六高峰了）。那是一個方圓10平方公尺左右的突出在懸崖上的稍微平緩一些的坡地。我一屁股癱在雪地上，能坐下來可真舒服啊！幾乎所有的登山者都在陽台更換氧氣瓶、喝水、吃東西。真是太有必要了！這6個小時的攀登中，我是滴水未進，口渴難耐。可正當我想喝口水潤潤嗓子時，才發現我辛辛苦苦背上來的整瓶水都已經被凍成一個大冰塊了，連蓋子都凍上了，怎麼也打不開。攀爬了那麼久，累暫且不說，還非常口乾舌燥，想咽口唾沫都擠不出來，前面還有那麼長的路要爬，現在居然沒水喝，這不是要命嗎？實在沒轍了，我只好厚著臉皮找副領隊包一飛討杯水喝。包一飛領隊帶的是熱水壺，但蓋子也被凍上了。他又敲又砸地終於打開了蓋子，給我倒上了一杯。我一飲而盡，像救命水似的。在這裡，我必須正式感謝包一飛領隊的義舉！在多一根針都嫌沉的聖母峰攀登中，每個登山者都盡量減輕背包的重量，只背非背不可的必須品。水在極高海拔地區是極其

哈佛生的聖母峰日記
登上世界之巔，真正高人一等

珍貴的保命的東西，每個登山者都只會攜帶夠自己用的量。包一飛領隊分一杯他的水給我，實際上就是他少了一杯自己的水。而少了這杯水，就有可能造成他的登頂或許會失敗，至少風險增大。他是冒著威脅到他自己的風險給我的那杯水。必須感謝包一飛領隊的慷慨！另外，他並沒有因為我這個登山新手的錯誤（沒有準備熱水壺）大發雷霆，而是非常耐心地讓我別害怕。這樣的領隊實在難得！

喝完水後，我需要補充一些能量。為了相對保暖，我把能量棒都放在了我羽絨服內側的胸前口袋裡。但沒想到，本來柔軟的能量棒也都被凍成了冰棍。我使勁把鋼筆長短的能量棒掰成兩半，然後往嘴裡塞了一塊。過了好半天才開始軟化。這才算吃了今天第一口東西。昨天攀登了 10 小時，只休息了 4 個多小時，僅僅吃了半碗泡麵，然後今天就又爬了 6 個小時珠穆朗瑪峰，再強健的體魄也扛不住這樣的消耗啊！這時我恨不得直接來點興奮劑！

換了氧氣瓶後，我以為坡度不會那麼陡了，甚至幻想是不是接近頂峰了。沒想到恰恰相反，不僅坡度更加陡峭，而且我在黑夜能看出來是走在一公尺寬的山脊上。我用頭燈晃了一下左邊，又晃了一下右邊，發現都是深不見底的懸崖！當時我立刻就不敢再看，牢牢地握住路繩，只敢盯著正前方。我心想，其實摸黑登山還有一大好處，那就是你看不見身邊的危險，恐懼感就會降低，可以相對放鬆地攀登。

接著，在向上又攀登了 2~3 個小時後，我在一段垂直的岩壁上遇到了「塞車」。前後一共 20~30 位登山者臉貼著岩壁，掛在那裡一動不動地等待著能繼續往上攀登。大風是越來越凜冽，還時不時刮起一陣冰加雪，彷彿是在不停地動搖我、阻攔我、打擊我，警告我世界之巔後續的攀登會更加艱險。這時候大概凌晨四五點鐘。西藏一側的天際線已經開始蒙蒙亮，很美，但很可惜我一張照片也沒拍。倒不是我不想拍，而是風實在太大，我怕手機被吹跑了。日初確實很美，尤其是在 8500 多公尺的高空欣賞，但對登山者來說，它也有危害，那就是刺眼的光芒和冰面雪面的反光很容易造成雪盲。這個時侯，我應該第一時間戴上雪鏡，可是我忽然發現我又犯了一個低級錯誤。雪鏡在背包裡，可是我現在沒法在懸崖峭壁上從背包裡面翻出雪鏡來。有經驗的登山者會把雪鏡放在羽絨服前胸的口袋裡，以便於佩戴。我頂著越

來越刺眼的陽光堅持攀登了一小會後，遇到一個稍微可以靠一下的地方，就迅速戴上了全新的為了衝頂而準備的雪鏡。可誰知還沒走幾步，這麼專業的登山雪鏡居然開始起霧了！在這麼危險的地方居然看不清楚，這不是要命嗎？！可現在我別無選擇。為了減輕重量，我只帶了這一副雪鏡衝頂。不用它就等著雪盲。我只好走幾步就停下來，擦一下鏡片，同時祈禱起霧是暫時的。登山速度被大大放緩。可誰知擦著擦著，霧開始擦不掉了。我納悶的摘下來一看，原來霧都凍成冰了！這時候，我心裡先是一陣緊張，緊接著居然撲哧一笑，這可真是到了絕高海拔地帶！心裡莫名其妙地升起一股好勝之心，我倒要看看聖母峰還能拋出什麼其他花樣的困難來阻攔我衝頂！

看看這個冰壁有多陡！

哈佛生的聖母峰日記
登上世界之巔，真正高人一等

看看這個冰壁有多陡！

　　我就這麼半瞎著接著往上攀登。眼瞧著上面沒路繩了，覺著應該快到山頂了，心裡不禁一陣興奮，開始倒數：8841、8842……8848，喲！怎麼還有那麼長、而且那麼陡的一大截路啊！？原來這個地方叫南峰頂，海拔 8700 公尺，是聖母峰的一個衛峰。南峰如果單獨拿出來，就是世界第二高峰。但它離聖母峰頂至少還有 2 個小時的攀登距離。這裡也是 1952 年，瑞士登山隊下撤的地方。我現在完全可以理解為什麼當年他們曾把南峰頂誤認為是聖母峰了。在南峰，我第二次更換了氧氣，為衝頂做足準備。不過今天山頂的風實在是太大了。大到我這麼喜歡照相的人，居然不敢把相機拿出來。現在倒不是怕相機會被吹走，而是怕我自己會被吹走！在 8700~8800 公尺的高空刮大風，就好像你開著窗戶坐飛機。凜冽的風聲猶如噴氣機在耳邊發動，震耳欲聾。零下 40 度的超低溫加上 10 級大風，而在前方等待我的是「伶牙俐齒」的著名的「希拉里台階」，體力已經接近極限的我在南峰蹲了足足 5 分鐘，呆呆地觀望著眼前的這一切。實在是太危險了！我想放棄了，真的想扭頭就下山，畢竟保命要緊。65 年前，裝備比現在落後許多，人類是怎麼登上去的？太

瘋狂！太勇敢！也太了不起了！突然我的腦海裡浮現出哈佛遊學友人王石先生衝頂的樣子，也正是想到這，我的勇氣突然又上來了。王石友人都行，我憑什麼不行？上！這南北橫向的大風吹得我彷彿隨時可以直飛西藏。我真的就像蝸牛似的一步步非常緩慢地挪向聖母峰頂，生怕腳下打滑。此時我心裡不停的重復著一句話：再多走一步……再多走一步……再多走一步……

　2018年5月19日8點28分，我終於登上了世界之巔──8848公尺的珠穆朗瑪峰。按理說，此時應該是值得慶祝的時刻，但奇怪的是，我當時毫無喜悅感。我想到的第一件事竟然是我不能死在這，一定要安全下山！我在頂峰的經幡堆前磕頭告慰了奶奶的在天之靈，然後迅速拍了幾張照後就開始下撤了。經過半年多的準備，40多天的攀登，數不清的困難，才最終成功登頂，但我在聖母峰頂待了一共不到10分鐘，連北坡那邊的景色我都沒興趣看。而且，所有照片都是坐著拍的，因為我根本不敢站起來，風太大了，生怕被吹下去！其中絕大部分照片是為合作夥伴們

世界之巔

哈佛大學歷史上，第一位登頂創業就是拚命，用生命為公司代言！世界之巔的畢業生，感謝母校！

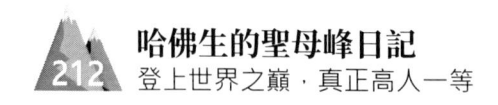

哈佛生的聖母峰日記
登上世界之巔，真正高人一等

拍的。當時為了能從背包裡拿出每個 logo 板，我冒著極大的手會被凍傷的風險，摘掉了羽絨手套，在零下 40 度和刮大風的環境下，赤手舉板拍照。答應了別人的事情，拚了命也要說到做到！

登頂只是完成了任務的一半，還有一半是平安下山。俗話說得好，「上山容易下山難」。我這回是徹底領悟了其真諦。如果大家覺得上山過程已經很危險，但真正的險情全都出現在下山的過程中。我計劃用兩天時間從聖母峰頂下撤到大本營：今天到四號營地，明天到二號營地，後天回到大本營。昨天攀登了 10 小時，今天已經攀登了 12 個小時，兩次攀登之間僅僅休息了 4 個多小時，我現在已經是筋疲力盡。更雪上加霜的是，對於我這個登山新手來說，下山又恰恰是我的缺點。但是，此時必須咬緊牙關、打起精神，因為在這個海拔沒有任何人可以幫得上忙，只能靠自己下山，否則真就是死路一條。

下山途中（左邊背對的人是我）

下山和上山都是同一條路。上山時，注意力全都集中在前方的山頂，其實並不覺得恐懼。但下山時，轉過身來面向曾經攀登過的路時，才意識到 8848 公尺是多麼

的高，那路線是多麼的陡峭，恐懼感油然而生。手握路繩，面向深淵，踩著懸崖往下走，這種感覺很像蜘蛛俠！我非常緊張，走的速度非常緩慢，而且還沒走幾步就已經氣喘吁吁、渾身冷汗。一般登山者下山的速度會比上山快很多，但我的進度似乎和上山差不多，而且感覺更累。下了4個多小時，我終於到了陽台，再一次累得癱坐在那裡。好幾個比我晚登頂的人都已經超過我了。此時風停了，藍天白雲，景色出奇的好，終於找到了點一覽眾山小的感覺。但此時我依舊對拍照興趣全無，滿腦子想的就是如何安全下撤。又下了大概半小時，突然我腳下像踩空了似的，頭朝後滑倒在冰壁上。我立刻開始沿著冰壁快速滑落。這時我拚了命地抓住路繩，力爭停止下滑。這僅僅3~4秒的冰壁滑落，感覺像是10分鐘，非常恐怖！我掛在冰壁上喘了好一陣才緩過神來。怎麼會打滑了呢？仔細一看，我右靴的冰爪竟然鬆了。冰爪僅僅是靠鞋帶連在靴子上，還沒有完全脫落。如果冰爪完全脫落，那我根本沒可能繼續下山了。在冰壁上，沒了冰爪就好像沒了腿腳。這時我也顧不得去分析冰爪鬆開的原因，唯一想的就是怎麼能夠重新綁好冰爪繼續下山。在山上停留的時間越久，風險就越大，而且下午的天氣往往沒有早上的穩定。可我現在這個角度是無論如何也夠不著自己的腳，而且沒法單手綁冰爪，一鬆開手又會繼續下滑。走在我前面的夏爾巴嚮導竟然不願意回頭向上爬區區十幾公尺，來幫我重新綁好冰爪（至今不得其解）。我只好被迫掛在8000多公尺的高度乾等著，祈禱後面下山的人在經過我時，有好心人能幫我綁上。從我身邊過去了5~6個下山者，沒有一個人停下來。那時候我真正體會到了聖母峰攀登的殘酷。如果受了傷，走不動了，可真的沒人能幫你，只能看自己的造化了。等了大概15分鐘，終於有一位好心的IMG隊的夏爾巴嚮導幫我綁上了冰爪。可萬萬沒想到的是，我重新往下走了沒兩三分鐘，冰爪再次鬆開。我也再次沿著冰壁滑落。這次滑落的距離更長，我都喊救命了！拉住自己後，我說什麼也不敢再往下走了。喘著大氣，冷汗狂飆，死死地拉住路繩，那時候的我都急得快哭出來了！冰爪脫落這種極小概率事件怎麼會發生在我身上？而且還是兩次！又是一次十幾分鐘的等待，又是一位其他隊的好心的夏爾巴嚮導幫我綁上了冰爪。再次起身出發的我，在幾分鐘後，居然經歷了第三次冰爪脫落。當時我已

哈佛生的聖母峰日記
登上世界之巔,真正高人一等

經無語了,似乎見亂不驚了。不過這一次,我自己的嚮導就在身邊,他幫我完全取下冰爪,伸長了一扣後,再次綁上。之後的下山路上,再也沒有出現過冰爪鬆開。在8000多公尺的超高海拔下山時,能經歷三次冰爪脫落,我絕對算是世界上極少數的「幸運兒」之一了。

在下到接近四號營地的最後幾百公尺時,我幾乎隨時可以倒地立刻睡過去。那種疲勞是我畢生從未體驗過的,每一絲力氣都被榨乾

下山路上和聖母峰再合一張

了。走路都是晃蕩的,輕輕一碰就會倒地。說實話,當時腦子裡一片空白,純粹是憑著意志力在艱難地往前邁步,有點像僵屍。堅持再堅持,終於在接近下午4點時,我回到了四號營地。找到了帳篷後,我連成功登頂又安全下撤的喜悅都沒來得及感受,就倒頭睡了。在過去的35個小時裡,我一共在8000公尺以上的海拔攀登和下撤了30個小時。那種累難以用言語來形容。任由外面大風吹打,那一覺我好像睡在五星級酒店的床上,睡得特別沉。

和吳哥躺在聖母峰腳下合影

Day 46
上山容易，下山難——飛來橫禍
2018年5月20日

幾近累得虛脫的我昨天睡得很沉。今天一早，四號營地典型的呼呼大風刮得我們的帳篷嘩嘩作響，似乎隨時可能被連根拔起。被風聲和帳篷聲叫醒的我，用濕紙巾擦了擦眼睛，喝了口熱水，穿戴好裝備，準備向二號營地下撤。可這時候，我發現我居然穿不進去高山靴了，而且雙腳一碰就疼。連續兩天高強度攀登讓我的雙腳腫脹起來，而且十根腳指頭依舊沒有絲毫知覺。但這時顧不得這麼多了，我咬著牙忍著痛把腳強行塞進了高山靴。就穿高山靴這麼一會，我都已經出汗了！這可能是今天下山行程的一個警示性開頭吧。經歷了昨天下山的驚險過程，我深知今天又會是一場惡戰。由於我不放心把我的生命托付給昨天陪我下山的夏爾巴嚮導，我今天的嚮導換成了年近50的經驗豐富的昂次仁，也就是之前提到過的昂大。他並不是手把手式的嚮導，而是教練式。指導我應該怎麼做，並示範給我看，但他不會直接幫我代勞。在我擔心掛錯鎖或打錯結時，他會很有耐心地幫我檢查，並給予糾正。在我面對險情害怕時，他會很冷靜地鼓勵我，給我一種這是小事一樁的平靜感，令我的信心驟然大增。一路上，他一前，我一後；他背拉式，我也背拉式；他前拉

所有的重量（幾十人和行李）都掛在了這兩根繩子上了（冰壁是幾乎垂直的），真正的命懸一線

哈佛生的聖母峰日記
登上世界之巔，真正高人一等

式，我也前拉式；他超車，我也超車；他讓路，我也讓路；他休息，我也休息。這種形式非常奏效。雖然依舊很累，但我們的下降速度卻不慢。而且慢慢地，我就用不著吸氧了。

在下撤到三號營地附近時，我居然還碰到了一位「老熟人」——尼瑪夏爾巴。尼瑪就是我 2017 年 10 月攀登島峰時的嚮導。28 歲的他已經 8 次成功登頂聖母峰。這樣的登山高手帶我一個從未

昂大和我在下山途中

涉足雪山攀登的新手去爬雪山，是名副其實的殺雞用牛刀，好像大學教授教小學生數學。一路上，尼瑪不僅很有耐心，而且教了我許多登山技巧。在我成功登頂島峰後，尼瑪對我說：「Lawrence，你知道嗎？你的運動天賦很好。我覺得如果你投入一些訓練，未來攀登聖母峰是有可能的。」之前每次和人談起攀登聖母峰，好像都要先去登 6000 公尺雪山，然後去登 7000 公尺雪山，接著去登 8000 公尺雪山，最後才可以去嘗試挑戰聖母峰。我想他們的看法都不錯，但也未必那麼絕對，畢竟每個人的身體素養、心理素養和學習能力都是不一樣的，凡事皆有可能。正是尼瑪這番話，讓我覺得攀登聖母峰不是夢。他這樣的登山高手對我的評估一定是靠譜的。從那時候起，我開始認真地考慮跳過 6000 公尺、7000 公尺、8000 公尺的雪山，直接挑戰攀登珠穆朗瑪峰。從某種意義上可以說，沒有尼瑪就沒有我現在攀登聖母峰。今天居然在洛子壁上錯車時碰到了！我們兩人都有點老友重逢、喜出望外的感覺。互相擁抱，互相問候。他贈糖給我吃，我倒水給他喝。當他得知我成功登頂後，他非常用力地和我擊掌慶祝。我當然也衷心地祝福他能夠第 9 次登頂成功（兩天後，他成功登頂）。

下山途中巧遇我去年登島峰的嚮導尼瑪，我們在空中（7800公尺）敘了敘舊

今天一路下撤都挺順利。就連天險洛子壁都沒給我造成太大的麻煩。我到後來甚至還有點享受這種蜘蛛俠的感覺，因為不知道這輩子還有沒有第二次這樣的機會了。可正當我已經可以看見二號營地，還有最後一截繩索就完成洛子壁的下撤，然後就可以開始平緩地步行下撤時，一個血腥的意外發生了。那時大概是下午2點左右，日照強烈，是一天中氣溫最高的時候。我忽然聽見頭上方有「噠噠噠」的聲音。趕緊抬頭一看，一塊菜板大小的石頭從我的上方飛落下來。2~3秒後，它從離我右肩兩公尺左右的地方繼續飛落而下。我邊大聲喊「落石」提醒下面的人，邊順著落石的路線往下看。在我下方20公尺左右有兩個人，一個是昂大，另一個人我不認識。我也沒去仔細看是否有人被砸中，因為那種概率還是挺小的，就接著沿著路繩往下降。當我離其中一人還有4~5公尺時，我被眼前的情景嚇了一大跳！一位登山者滿臉是血，一動不動地橫向掛在冰壁上，全靠安全鎖把他定住沒有下墜。我以為他死了。這種電影裡的場景發生在現實生活中，毫無心理準備的我突然心跳飛快，冷汗颼颼。怎麼辦？需要救他嗎？這時昂大在洛子壁腳下大聲呼喚我：「Lawrence, 趕快下撤！山上還有落石！」這時我意識到我自己也身處險境，必須保持鎮靜，迅速下山。可我要下山就必須從他身上爬過去，只有一條路繩。沒有別的辦法，我只好硬著頭皮繼續下降。在臨近他的時候，我聽見了他非常微弱的呻吟聲。他還沒死！我立刻告訴昂大，請他呼叫了救援隊。從一個滿臉是血、奄奄一息、橫掛在洛子壁上的人身上爬過去，談何容易！但這個時候必須保持冷靜，穩住陣腳。我深呼吸了幾下，然後每一步都像慢動作一樣，邁一步、停一下，確認在冰壁上踩扎實了，再做下一個動作。當我終於爬到了他的身下，抬頭再看他的時候，發現他下方1~2公尺的冰壁已經被血染紅了。大概20分鐘後，我們親眼看見救援直升機把他救走了，但他不知是死是活。他其實也是不幸中的萬幸。因

哈佛生的聖母峰日記
登上世界之巔，真正高人一等

為救援直升機最多就能飛到6500公尺，而他被落石砸中的地方剛剛好就是洛子壁的初始階段。如果意外發生的地點再稍微高一點，那麼直升機也到不了，他就很有可能成為聖母峰的數百位喪生者之一了。後來聽說他最終脫離了生命危險，真是謝天謝地！昂大和我及時呼叫直升機為搶救他贏得了寶貴的時間，從某種意義上來說，可謂是救人一命。在珠穆朗瑪峰上，真是什麼情況都可能發生！

　　不過這塊落石的故事還沒完。它在砸中那位登山者的頭部後，接著飛落，不偏不倚地砸中了昂大的雙膝。我下撤完洛子壁和昂大匯合時，看見他坐在雪地上。起初還以為他就是休息一下，但我仔細一看，他膝蓋裸露，身邊滿地鵝毛。原來是那塊落石砸中他雙膝的同時，也割破了他的羽絨服。好在昂大沒有骨折，就是疼得厲害。但他勉強站起來後，走路一瘸一拐的，速度極其慢。一路下撤，昂大對我耐心指導，現在該我照顧他下撤了。到了二號營地後，看著昂大的傷情，我心裡明白他明天是不可能完成另一天險昆布冰川的下撤的。而他的公司保險又不包含這麼高海拔的直升機救援。於是，我做了一個決定：我自己出錢請昂大坐直升機飛回大本營（7~8分鐘的飛行，但步行要5~6個小時）。儘管我並沒有這個義務，昂大也沒有想到，但我認為這2000美元的直升機費用花得值得，至少算是我對昂大的一種感謝吧。

昂大在檢查傷口，羽絨服也被割破

Day 47
終於回到大本營，10 個腳趾凍傷已無知覺
2018 年 5 月 21 日

　　今天的任務是從二號營地下撤到大本營。這也意味著，將要第六次通過昆布冰川。昨天晚上 9 點，傳來消息，昆布冰川又發生了一次冰崩，掩埋了 300 多公尺的路繩。直至今天早上，那段路也依舊沒有被修復。我們面臨這一個選擇：要麼乘直升機下去；要麼冒著風險步行下山。直升機要幾千美元，價格極其昂貴不說，還需要排隊，不見得今天能夠出發。同時，如果乘直升機下山，我自己心裡會有種「勝之不武」的感覺，覺得如果上山下山不是 100% 全程靠自己的雙腳，就有點作弊的味道。考慮再三，我最終決定承擔這個風險，步行下山。

　　早上 9 點半，我和隊友東哥一起離開二號營地。上山時，從一號營地攀登到二號營地用了 4 個多小時。但下山時，我才用了 1 個小時左右就到一號營地了。一路上，除了幾段沿著繩索下冰壁以外，都是下緩坡。我的狀態挺好，步伐也挺快。越走海拔越低，大氣含氧量越高，感覺越有勁。有一小段我甚至覺得我是在小跑。這可能跟我這時候開始對登頂成功逐漸有些喜悅感了有關。但是，我心裡還是很清楚，現在我還沒有完全脫離險境。昆布冰川還等著我呢！絕對大意不得，還沒到慶祝的時候呢！

　　寫到這裡，我必須說說和我一起下山的這位隊友，東哥。他是東北人，50 歲左右，人高馬大，性格豪爽。一路上各種困難全不怕，練習時還特別刻苦，活脫脫一位硬漢。在衝頂當天，我在四號營地擁抱了東哥後，便向上攀登了。下一次見到東哥是在我已經登頂，折返下山路經南峰時。按照那時的位置推測，我大概快了東哥 3

哈佛生的聖母峰日記
登上世界之巔，真正高人一等

個小時。說實話，那時候我心裡沒譜東哥是否還有足夠的時間衝頂並安全下撤，但在當時我還是再度擁抱東哥，給他鼓勁加油。再下一次看到東哥，已經是在接近二號營地的洛子壁上了。就是在洛子壁上喘息片刻時，東哥悄悄地告訴了我他衝頂日的曲折。原來不巧就是在衝頂日，那一整天他都在拉肚子。平原地區拉肚子的感覺想必大家都體驗過。在這世界之巔拉肚子，那可真就是要了命。準備了 2~3 年，攀登了 50 天，居然在這最關鍵的時刻拉肚子，東哥所受的身心煎熬可想而知。而且，逐漸地，他的羽絨服和保暖內褲裡已經遍布屎尿了。但就是這樣，東哥依然沒有放棄，忍著痛向聖母峰衝頂。最終他衝頂成功！我很為東哥開心，也非常之佩服！下山後，我跟東哥開玩笑：您是世界上第一位拉肚子登頂聖母峰的人！

我們在一號營地稍稍休息片刻就進入昆布冰川了。昆布冰川本來就是天險之一，而且很多事故往往就發生在體力下降和注意力不集中的最後階段，所以我們格外小心。一路上，過了 7~8 個梯子，至少 20 多條冰裂縫。途中我看到了昨晚冰崩下來的冰球，足足有籃球那麼大。試想如果在下撤途中正好趕上冰崩，抬頭一看，全是籃球大小的冰球像雨點一般密集地砸下來，後果不堪想像。一路上盡是奇形怪狀的冰牆、冰樁、冰塊。我們用了近 4 個小時，才安全地通過昆布冰川，終於回到大本營！在那一刻，我才真正地鬆了口氣。聖母峰之行，我成功了！緊緊擁抱、振臂歡呼、仰天長嘆……太不容易了，太有意義了，太神奇了……

第六次通過昆布冰川，翻越冰牆

測量一下昨晚冰崩落下的冰塊大小，我的冰鎬是 75 公分長

Day 48
老天終於賞臉,「允許」我們飛往加德滿都
2018 年 5 月 22 日

　　今天的計劃是從大本營乘直升機飛往加德滿都。我本以為這是件很簡單的事,不就是坐直升機嗎?可在這高海拔地區,就是這麼一個看似簡單的事也沒那麼簡單。昨天下午我們抵達大本營後,大家都歸心似箭,一致同意當天就乘直升機返回加德滿都。我急急忙忙地收拾好了所有行李,和大家一塊來到了離大本營 10 分鐘步行距離的直升機起降坪。能早點回家,大伙都挺興奮的,有說有笑。可誰知這一等,就是 4 個小時!我們這裡明明看著天氣挺好,晴空萬里,可是調度那邊傳來的消息就是山下大霧,直升機飛不上來。但是我們又不敢返回帳篷,因為說不定剛剛回到帳篷,直升機就飛上來了,那時侯再去起降台就來不及了,錯過一次又要等很久,況且不少其他隊伍的人都在排隊呢。我們就只好眼巴巴地等著。每當聽見有直升機「突突突」的聲音,我們都會掂起腳,伸直了脖子,望眼欲穿般地盯著遠方,可每次都掃興地發現並沒有直升機。就這樣在戶外一直等了 4 個小時,天都黑下來了,我們又紛紛從行李裡翻出已經打包好的羽絨服穿上。最後無可奈何

在大本營乘直升機飛往加德滿都

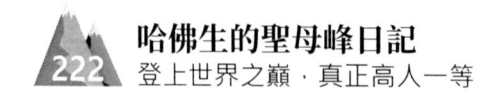

哈佛生的聖母峰日記
登上世界之巔,真正高人一等

地背著行李回大本營了。

　　今天一早 6 點,天才蒙蒙亮,我們就再次背上所有行李來起降坪等侯了。今天運氣不錯,只等了一個多小時直升機就來了。我們興高彩烈地登上直升機,一路上下俯視過去 50 天所經過的地方。雪山、青山、岩壁、松林、冰谷、河流,沿途風景順著海拔的降低而變化,我的心情也逐漸的從珠穆朗瑪峰轉向了等待我的人生。我的下一個聖母峰在哪裡?

Day 49
CA438，成都
2018年5月23日

　　今天是聖母峰之行的收官之日。在加德滿都稍作休整後，我搭乘國航 CA438 航班飛往成都。這 49 天來經歷了很多波折，也收穫了很多無價之寶。當航班落在成都的那一刻，我終於正式圓滿地結束了為期 49 天的聖母峰之行。回到了成都後，媽媽在機場迎接我平安歸來。她見到我瘦了一圈，臉晒成了李逵，10 根腳趾都沒有知覺，自然很心痛。但這依舊擋不住她的喜悅之情，見了我是又抱又拍，彷彿是看看我是不是真的回來了。上次我見她這麼激動和興奮應該是 16 年前我留學美國四年之久後首次回國的時候。在聖母峰這段時間，媽媽和爸爸真沒少擔心我，估計他們的心都一直懸著呢。

　　不過我落地後，並沒有先回家休整，而是直奔公司，第一件事就是去公司看看「闊別已久」的小夥伴們。我還特地在尼泊爾給每一位妥妥遞的小夥伴準備了一件小禮物。可我萬萬沒想到，一到公司，他們卻先給我來了個驚喜的歡迎！害得我差點當場又「高原反應」啦！他們 60 多人全都身著專門為了慶祝這次聖母峰行凱旋而訂制的

剛剛邁進公司大門，就是一個 surprise

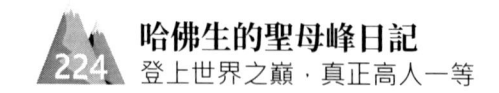

哈佛生的聖母峰日記
登上世界之巔，真正高人一等

T恤。等我邁進公司大門的那一瞬間，「砰砰砰」的禮炮聲突起，同時彩帶彩條滿天飛。緊接著就是一陣陣大家的歡呼聲。我可是真心沒有想到！大家和我擁抱，祝賀我，關心我，歡迎我回家……當時我突然熱淚盈眶。可能在那一刻，我才真正意識到聖母峰挑戰真的成功了。歷經七七四十九難，我真的安全回來了。喜極而泣！

這一趟我要感謝很多人，但其實最要感謝的也是最容易被忽略的，就是你身邊的人。我的好兄弟和創業夥伴李中和姚耀；68名妥妥遞科技的小夥伴們都是我的擁躉，都是我的強大後盾。沒有你們的支持，我是不可能放心離開49天的，也不可能輕裝上陣去攀登聖母峰。我們還在重要客戶面前，前無古人地從聖母峰腳下和成都公司裡進行了超遠程、高海拔的新產品展示。換句話說，就算是在全世界範圍內，又有幾個公司可以做到我們這樣？妥妥遞科技的這次展示是獨一無二的！現在我們已經是金融科技行業唯一登頂珠穆朗瑪峰的企業。我們的下一個目標就是要登上我們行業的珠穆朗瑪峰！此次聖母峰行的成功是我們全體妥妥遞人的成功！謝謝你們！愛你們！

後記

今天剛好是我成功登頂珠穆朗瑪峰一週年，也是《登頂無捷徑》的編輯和整理的收官之日。這本書從起初的醞釀和創意，到真正動筆、撰寫和寄語，再到後期的編輯、排版、配圖、設計、定稿、選紙和印刷，直到最終出版，總共歷時一年多。這個過程絲毫不比攀登聖母峰容易，途中歷經種種困難，最後此書終於得以出版。可以說《登頂無捷徑》的整個歷程好像在筆尖上登了回聖母峰。要感謝的人太多了，但在此，我必須特別感謝出版社的周曉琬女士和我的同事楊泰倫先生。從頭到尾，曉琬和泰倫給予此書的支持是巨大的，是不可替代的。感謝你們！

寫後記不僅僅是做個總結，而是要有感悟、有提煉，這樣才有深度、有精神。登頂聖母峰前前後後的兩年裡發生了很多事情。有好有壞，總體來說挺折騰。人生好像一場旅行。在這短短幾十年裡，你可以選擇安安穩穩地留在平原地帶，也可以選擇風險極大地攀登聖母峰，去折騰。平原地帶的景色絕大部分人都有機會看到，但歷經艱險站在世界之顛一覽眾山小的壯美就只有這極小部分人獨享了。在人生的旅途中，大部分人選擇了安穩，而我卻選擇了折騰。很多人不理解我為什麼放棄世界 500 強高管高薪的工作，而拿著僅僅相當於原來收入的 5% 的微薄工資從零開始創業，而且是毅然決然地。這不是過得好好的，自己給自己找事，瞎折騰嗎？沒錯，創業公司九死一生，甚至是九十九死一生。絕大多數創業公司在一年之內倒閉。能堅持到三年的公司更是鳳毛麟角。創業者更是焦慮、失眠、白頭、高血壓等多種壓力病的高發人群，更有甚者，英年早逝。所以，從某種意義上，選擇創業就是選擇了一條風險極高的登山之路。但我這個人偏偏就是愛折騰！就是愛嘗試！就是愛挑戰！對於人生這場旅行，我不太在乎時間有多長，而更在乎內容有多精彩。當然，如能既時間長而又內容精彩，那再好不過了！

攀登聖母峰者都是準備就緒了才出發。創業也是準備充分了才開張。登山途中

哈佛生的聖母峰日記
登上世界之巔，真正高人一等

困難重重。創業路上的很多艱難困苦更是根本無法預見。攀登聖母峰時總是面臨著「是否現在下撤才是正確決定」的抉擇。創業者也時常在放棄和堅持的念頭中做鬥爭。攀登聖母峰對登山者的身體消耗非常大，我 50 天內掉了 20 斤。創業過程中對創業者的健康損傷也顯而易見。假設登頂成功了，但之後能否安全下撤還是未知數，而且下撤的風險更大。創業就更不知道何謂成功，因為即使企業做大了，也不可避免地有做大後的困難和痛苦。登頂的勝利感和上市敲鐘的成功感都是短暫的快感，更多時間是面對之後接踵而來的考驗。但儘管如此，我依舊選擇了攀登聖母峰、依舊選擇了創業。人生難得幾回搏，此時不搏更待何時？

小我一屆的學弟 Jeremy 得知我登頂聖母峰，表示祝賀，一晃大家都畢業十年了

現在我是成功登頂聖母峰，並且安全回來了，但創業道路上依舊困難重重，雲霧籠罩。說不定哪天形勢大好，公司業務高速增長。也說不定哪天彈盡糧絕、拚到最後一口氣，可還是像絕大部分創業公司那樣瀕臨破產。不過無論創業路上的終點如何，能走上創業這條路，並且已堅持三年之久，對我來說就已經是好樣的！要知道，不是人人都有機會、有勇氣、有能力去嘗試攀登聖母峰的。嘗試過攀登聖母峰的人都知道聖母峰有多難、多險。創業也是如此。就算最後失敗了，那起碼也是

雖敗猶榮，因為敢於嘗試、勇於挑戰、致力拚搏，不是誰都敢想，更不是誰都敢做的。創業和攀登一樣，重在成長，重在閱歷，重在自信。扎實地踩好每一步，一步一步地，總會抵達頂峰。

　　我的性格一向樂觀，總是認為人生是美好的。其重要原因就在於我把人生路上許許多多的險峰看作是許許多多的機會去挑戰、去成長、去一覽眾山小。只要今天比昨天有長進，豈不是每天都可以過得開開心心的？21年前，我離開父母，隻身漂洋過海到美國高中留學；10年前，費盡九牛二虎之力從哈佛畢業；9年前，放棄國外的一切，回國效力；5年前，協助老東家聯想集團勇奪世界PC之王的桂冠，創下民族品牌的第一高度；3年前，又放棄優厚待遇，毅然創業；去年，歷經內外種種困難成功登頂珠穆朗瑪峰……未來有什麼樣的險峰、什麼樣的挑戰、什麼樣的景色，無人知曉。但可以肯定的是，如要一覽眾山小，艱難困苦折騰少不了。登頂無捷徑。正在人生路上攀登的朋友們，咱們共勉！

于智博

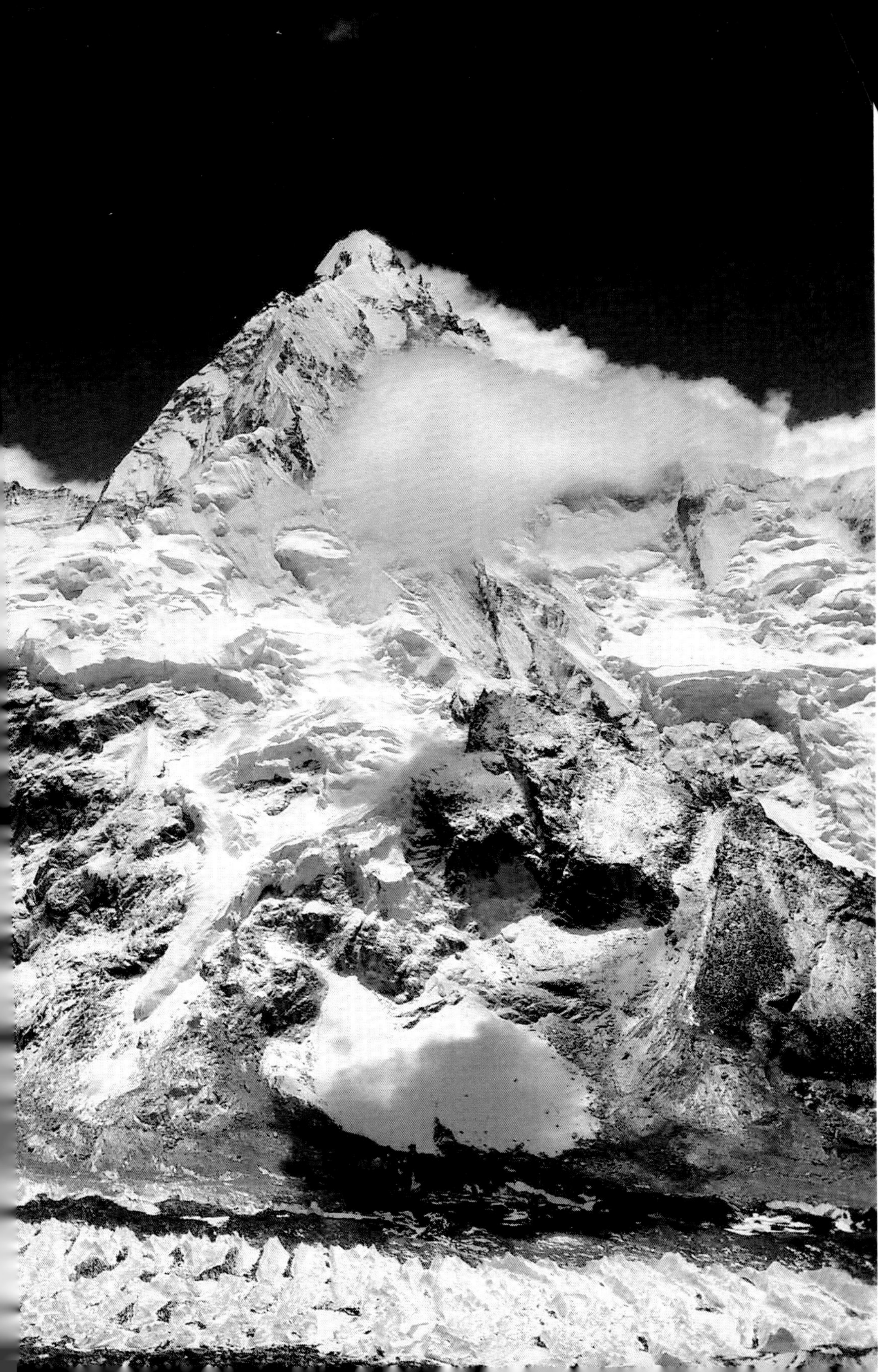

國家圖書館出版品預行編目（CIP）資料

哈佛生的聖母峰日記：登上世界之巔，真正高人一等 / 于智博 著.
-- 第一版 . -- 臺北市：崧燁文化，2020.07
　　面；　公分
POD 版

ISBN 978-986-516-411-9(平裝)

855　　　　　　　　　　　　　　　109009831

書　　名：哈佛生的聖母峰日記：登上世界之巔，真正高人一等
作　　者：于智博 著
發 行 人：黃振庭
出 版 者：崧燁文化事業有限公司
發 行 者：崧燁文化事業有限公司
E-mail：sonbookservice@gmail.com
粉絲頁：　　　　　　網　址：
地　　址：台北市中正區重慶南路一段六十一號八樓 815 室
8F.-815, No.61, Sec. 1, Chongqing S. Rd., Zhongzheng
Dist., Taipei City 100, Taiwan (R.O.C.)
電　　話：(02)2370-3310 傳　真：(02) 2388-1990
總 經 銷：紅螞蟻圖書有限公司
地　　址：台北市內湖區舊宗路二段 121 巷 19 號
電　　話:02-2795-3656 傳真:02-2795-4100　　網　址：
印　　刷：京峯彩色印刷有限公司（京峰數位）
本書版權為西南財經大學出版社所有授權崧博出版事業有限公司獨家發行電子
書及繁體書繁體字版。若有其他相關權利及授權需求請與本公司聯繫。

定　　價：299 元
發行日期：2020 年 07 月第一版
◎ 本書以 POD 印製發行